者症候群 3

ERO-SYNDROME

Eradicate the heroes who avenge the world.

彩月レイ
AYATSUKI REI
イラスト＝りいちゅ
クリーチャー
デザイン＝劇団イヌカレー(泥犬)

始　追憶

朦朧《もうろう》とした意識の外、遠くで誰かが言い争っている。

彼女はそっと瞼《まぶた》を開けた。気になったというほどじゃないけれど、喧嘩《けんか》の声は頭に響いたからだ。開けて初めて、彼女は自分が地面に倒れていることに気付いた。

赤い雨が降っていた。鉄錆《てつさび》の臭いがする雨が。

なすすべもなく雨に打たれる中、彼女は声を聴く。誰かが言い争っている声を。

【この――待て――まだ――】

【ふざけ――こいつが――】

【この子は――やめ――】

その中心に「彼」はいた。黒々とした大きな背中が、倒れた自分を庇《かば》っている。

振り返ったその顔は、栗色《くりいろ》の髪と薄紫の瞳を持つ少年だった。

彼の近くに、数人の人間がいるのを視界で捉えた。

朦朧《もうろう》と浮上していた意識が再び沈下していく。不思議な光景だった。まるで――過去の記憶を追体験しているかのように。

一　虚

「……って感じで、なんか変な夢見ちゃったんですよねえ」

カローン隊舎の広間で、篠原神久夜《シノハラカグヤ》は口をとがらせる。丁寧に結われた緋色《ひいろ》の髪を手ですきながら、昨夜見た夢について語った。

「変な夢？　なにそれ」

それを聞いて、同室の少女、朝晴小雪《アサハルコユキ》がくすりと笑う。

「神久夜《カグヤ》、昨日寝る前にそういう小説かなにか読んだんじゃないの？　最近はそういうのを読むことも多くなってきたしさ」

「うーん……？　昨日読んだのは青春小説だったはずなんですけどねえ……」

神久夜《カグヤ》は夜寝る前、必ず読み物を手にする。カローンに入ってしばらくは研究資料がほとんどだったが、最近は小説も多い。寝る前に読むものだから、それに合わせて夢を見ることもあるだろうが、彼女が読んだのは青春小説だ。

学校という、彼女にはあまり馴染《なじ》みのない場所で展開される恋愛。

「でも神久夜《カグヤ》、昨日魘《うな》されてたもんね。夜中飛び起きてほんとびっくりしたわよ」

「もう、そういうのは言いっこなしですよ、小雪《コユキ》」

ほんの少し顔を赤らめながら神久夜《カグヤ》は小雪《コユキ》をバシバシと叩《たた》く。小雪《コユキ》はそれを避けながら揶揄《からか》うように笑った。

「笑いごとじゃないわよ。篠原《シノハラ》中尉」

その背後から現れたのは、碧《あお》い髪の小鳥遊春《タカナシハル》少尉。その手にコーラを持って神久夜《カグヤ》の向かいに座る。

「同室の私達の身にもなってほしいものだわ。大きな叫び声をあげて起きたものだから、私も寝不足よ」

コーラをなかなか開けられないのか、蓋をカチッカチッと無意味に格闘している。

やがて自棄《やけ》になったのか、上下に振り始めたので隣に座る少女が取り上げた。むすっとした春《ハル》を横目に、そっとテーブルにコーラ瓶を置くのは、ちょうど小雪《コユキ》の向かいに座る少女だった。

「ねー。貴女《あなた》もそう思うでしょ？」と、小雪《コユキ》はその少女を仰ぐ。

「――桜《サクラ》」

「ん」と、紙パックでジュースを飲んでいた桜色の髪の少女はそこで初めて、小雪《コユキ》と神久夜《カグヤ》に目線を向けた。荒川桜《アラカワサクラ》。特別編成小隊の隊長だ。

「ごめん聞いてなかった。なんの話？」

「神久夜《カグヤ》が悪夢見て飛び起きちゃったって話」

「ああ」と、彼女は花が咲くような笑みを浮かべる。

「いいじゃない可愛《かわい》くて。神久夜《カグヤ》ちゃんらしいよ」

「可愛《かわい》いとか言わないでくださいよ。ほんと怖かったんですから」

わかりやすく拗《す》ねるカグヤに、桜《サクラ》は姉のように笑みをこぼす。

「なんの夢だったの？」

「それが——えっと、誰かと誰かが言い争ってるんですよ。で、名前を呼ばれるんです。神久《カグ》夜《ヤ》って」

神久夜《カグヤ》は、もはや朧《おぼろげ》気な夢を思い返しながら語る。夢の内容は一秒経《た》つごとに急速に解像度を失っていって、今はその雰囲気を覚えている程度だが。

「子供のとき——だったのかな？　じゃあアレは兄さん……？」

「神久夜《カグヤ》の兄さんって、篠原《シノハラ》大尉のこと？　未来《ミライ》少佐と一緒にいる」

神久夜《カグヤ》の兄は現在戦闘応援兵科にいて、今は未来《ミライ》少佐の同僚だ。

神久夜《カグヤ》は昔、兄と仲が良くなかったのだが——自分がかつて《勇者》化しかけ、それを兄に引き戻されてからは和解している。その時の記憶だろうか。

「篠原《シノハラ》——なんだっけ」

「確か名前は蓮《レン》さんだったはずよ」

「あーそうそう。ちょっとぶっきらぼうだけど優しい人」

日常的に接しているにも関わらず、桜《サクラ》は彼の名前を忘れがちだ。神久夜《カグヤ》の兄、篠原蓮《シノハラレン》は戦闘応援兵科におり、未来《ミライ》少佐と共にこちらに指示を出す役割をしていた。もう彼も二十四歳。四年間、彼は《勇者》と接していない。

『おいお前らとっとと出ろ』

と、急に無線からそんな声が響いた。

低い、気遣いや優しさなど微塵《みじん》も感じない粗雑な声だ。竜胆《リンドウ》に少し似ているが、彼ほど粗雑ではなく、ただ奥に冷酷さを感じさせる声。

「あ──兄さん」

神久夜《カグヤ》の兄──篠原蓮《シノハラレン》だ。彼は戦闘応援兵科で未来《ミライ》と一緒にカローンの監督をしている。

そんな彼は相変わらずの粗雑さで、最低限の情報のみを伝える。

『東都《とうと》十七区だ。面倒だな、保育園の近くだ』

「保育園の近く──それはよくないですね」

子供が多い場所だ。パニックになりかねない。そう考えて全員が席を立ったとき、隊長である桜《サクラ》が神久夜《カグヤ》だけを押しとどめる。

「神久夜《カグヤ》ちゃん、今日行ける？」

「え？　ええ、問題ありません」

「……無理しなくてもいいんだよ。昨日も出てたし」

昨日──その言葉を聞いてカグヤは何故《なぜ》か不思議な感覚に襲われた。

「けど、私がいなきゃ——《勇者》を救えません」

「そうだけどさ。昔は神久夜《カグヤ》ちゃんにしか出来なかったことだけど、今は私達皆が出来るんだから。少しは頼ってよ」

「え……？」

「《勇者》の心の中に入って、その精神を受け止めるなんて、そんなの神久夜《カグヤ》ちゃん一人で耐えられるわけないじゃない」

「あ……そう、でしたっけ」

神久夜《カグヤ》はそこで何故《なぜ》か、疑問を抱いた。

自分だけだった気がするけれど。他の誰にも出来ないからと、一人で背負い込んでいたような。何故《なぜ》かそんな気がしていたのだけど。

「神久夜《カグヤ》一人に全部背負わせるのは辛《つら》いもんねえ」という小雪《コユキ》の言葉でその疑問も霧散。

「この間竜胆《リンドウ》が担当した時なんか凄《すご》かったもんね。殴って止めたんだって？」

「彼は少し乱暴が過ぎると思うけれどね」

「その乱暴が人を救っちゃってるんだよ、春《ハル》。やっぱり相性ってあるよ」

そうだ、と神久夜《カグヤ》は思い出す。

《勇者》の心の中に入るという所業は、今やカローンの人間なら誰もが可能なのだ。小雪《コユキ》も、桜《サクラ》も、春《ハル》も、竜胆《リンドウ》も。前回は春《ハル》が担当して、その前が竜胆《リンドウ》だったのだ。

交代で回す、というほど杓子定規《しゃくしじょうぎ》な運用はされていないが、一人に負担を負わせすぎないようにと、桜《サクラ》に提案されたことだった。

神久夜《カグヤ》はそこで何故《なぜ》か、少しだけ泣きそうな気持ちになった。どうしてだろう。誰もが出来ることは知っていたはずなのに、今までずっと、一人で抱え込んでいるような気さえしていた。

「……ではお言葉に甘えて、私は待機しておきますね」

「了解。じゃ、留守は頼んだよ」

そして桜《サクラ》は傍《かたわ》らにあった——いつの間にかそこにあった、長物《ながもの》の武器に手をかける。棍《こん》と呼ばれる形状のものだ。

「あれ」と神久夜《カグヤ》は目を瞬《しばたた》いた。

「桜《サクラ》、今日は刀じゃないんですか？」

その瞬間、しんと広間が静まり返る。刀と口にして、神久夜《カグヤ》は疑問に思った。

刀を使っている者なんていないのに。どうして。

「ちょっと、神久夜《カグヤ》まだ夢の中にいるの？」

「刀を使ってる人なんて最初からいないじゃない。誰と間違えたのさ」

小雪《コユキ》と桜《サクラ》に笑われて、神久夜《カグヤ》は恥じらって俯《うつむ》いた。誰と間違えたのか、何故《なぜ》そう思ったのかは神久夜《カグヤ》にも分からなかった。

「い、いや、……あはは、まだ夢の中にいるんですかねえ私」

「まったく――」

誰もが微笑《ほほえ》ましい表情を浮かべる。粗相をした妹を見つめるような視線で、誰もが。

心の隅がほっと暖かくなる。もう誰かに頼られることも、背負い込むこともないのだ。

こんな日がいつまでも続けばいいと――神久夜《カグヤ》はそう思った。

・・・

「――シノハラ・カグヤ中尉が意識を失ってから今日で一週間が経《た》った」


殲滅《せんめつ》軍本部――

専門病棟の一室にて、アズマ以下数名のカローンのメンバーが集まっている。

その病室の窓の傍《そば》にあるベッドには、一人の少女が昏睡《こんすい》していた。

緋色《ひいろ》の髪の少女――シノハラ・カグヤ。

「一週間前、《勇者》戦の途中で意識を失った彼女は、生命活動を続けながらも意識が存在せず、抜け殻の状態だ。先週現れた《勇者》についてだが、他の《勇者》と特に大きな違いはないらしい――」

アズマ大尉がその傍《そば》で語っている。疲れたような顔で、

「──つまり状況は全く変化なし、だ」

部屋の空気が弛緩《しかん》した。残念という感情が充満している。

一週間経《た》っていた。これほどの長い間状況が変わらなければ、再び起きるのは難しい。このまま暫《しばら》く状況が変わらないのは、誰の思考にも浮かんでいた。

難しい顔をしていたハルが恐々と問う。

「……死んではいない、のよね」

「バイタルには問題ない。栄養も点滴で補給している」

アズマの言うとおりカグヤには点滴が繋《つな》がれている。

「シノハラ中尉は──今、どんな状態なのかしら」

「詳しいことは……だが、《勇者》の精神内部に入るたびに起こっていた疲労や体調の悪化と、そう変わらないものだと思っている」

それが爆発した形、というのが今のアズマの見解だ。実際、それ以外に可能性は考えられない。

「だが、それ以上に問題なのは──」

彼は病室の隅に目を遣《や》る。そこに座っているのは、エザクラ・マリ。技研《ぎけん》所属の彼女は、椅子の上に体育座りをしてじっとカグヤを見つめたままだ。

「──研究長の死」

先週の話だ。

目が覚めないカグヤを抱えて慌てて帰って来たアズマ達を迎えたのが、研究長の死という事実だった。死因は失血死。その喉と眉間には鋭利な刃物で刺されたような傷。

その傍《そば》に血塗《ちまみ》れの刀型クロノスが落ちていたことで、自死と処理されていた。が、それに唯一反発したのがエザクラ・マリだったのだ。

研究長がそんな馬鹿な真似《まね》をするわけがない。彼女はそう言い張った。

そして、それはアズマも同意だった。そもそも刀で自死は難しい。切腹のような胴体に傷を作るものならともかく、喉に的確に突き刺すならば、かなり腕を伸ばさなければ柄《つか》まで腕が届かないし、必ず刃を直接握ることになる。しかし研究長の手に傷はなかった――

研究長の死とカグヤの昏睡《こんすい》。マリにとってはショックが大きいはずだ。

そんなマリを、カローンは急遽《きゅうきょ》保護した。というのも、研究長が何者かに殺害されたとして――その理由が研究長の研究の内容だった場合、一番危険なのが彼女だからだ。

研究長の死亡により第二技研《ぎけん》は活動停止措置を受けている。カグヤが戻らなければ、技研《ぎけん》はこのまま解体されるだろう。

そんな絶望的な状況だった。

「しかし、一週間か――」

苦虫を噛《か》み潰したような顔で、アズマはカグヤの寝顔を見る。

こうなるかもしれないことは予測していた。

本来、他人の精神に潜る行為は非常に危険だ。それは一度「入られたこと」のあるアズマだからこそ分かること。それなのに、止めることも出来なかった——

「カグヤ、家族とかは……？」

コユキがそっと、誰にともなく問う。答えたのはアズマ。

「いや。俺達と同じで彼女も孤児だ」

カグヤに家族はいない。彼女の両親は他界し、兄はカグヤの《勇者》化後に行方不明になっているからだ。

（だが——その兄は）

カグヤはその後の兄の足取りを調べていたようだが、彼は七年前から消息を絶っている。状況は絶望的らしかった。生死不明だが、生きていればカグヤを放置しているとは思えないから、既にどこかで。

「……目、覚めてくれるといいんだけどな」

拠《よ》り所《どころ》を失ったようなコユキの声が、しんと病室に染《し》みわたる。

表しようのない空気だった。暗に、それは無理だと誰もが思っているようでもあった。

「でも、まだ一週間でしょう？」

部屋に満ちた沈黙に答えるように、ハルの心配そうな声。

「そこまで悲観することはないんじゃないかしら。急に目が覚めることもあるかもしれないし。いままでだってそうだったでしょう？」

「そうだな。今まではそうだった」

少し前、霧の《勇者》と対決した時も。

(思えば、あの時も……)

あの時も、カグヤは暫《しばら》く目覚めなかった。といっても、ほんの数十秒だったが。それが今の前兆に繋《つな》がっているのかもしれない。

「……俺はそこまで心配はしていない。けど」

カグヤを心配して目線を向ける。己で呼吸出来ないから人工呼吸器をつけられていて、心穏やかでいられるようなものではなかった。

「もし——何かがあって、《勇者》になるようなことがあったら」

「そうね。考えたくないけど。もしそんなことが起こったら」

目を伏せたハルの言葉の続きをアズマは的確に悟る。

そうしたら。カグヤは。

カグヤを救える者は。

「ああ、誰もいないんだ」

相変わらず眠っている彼女を、アズマは痛々しく見遣《みや》る。

「……あいつを救える者は」

・・・

エザクラ・マリがカグヤと出会ったのは、第二技研《ぎけん》でちょうど人が大幅に減った頃だった。マリもカグヤや他の人員の例に漏れず、孤児だった。もはや両親の顔すら覚えていない。そんな状況だが、両親を奪った存在の正体が分かっても、マリは何も感じなかった。熱い心なんてものは彼女は持っておらず、冷めたものだった。

そんな彼女にも、カグヤは諦めずに接してくれた。自分の不注意で取り返しのつかない大失敗を犯したことがあった時も、彼女は庇《かば》ってくれたのだ。

その雰囲気が――どことなく失った姉に似ているようで、マリはその時初めて、カグヤを慕う気持ちが芽生えたのだ。

「……」

マリだけの先輩のはずだった。

カグヤは今十七歳。あと数年もすれば《勇者》は見えなくなり、第一線を離脱する。そうしたら――カグヤのいない技研《ぎけん》になんて未練はないから、自分もさっさと辞めてしまおうと思っていたのに。別に《勇者》なんてどうなってもいいんだから。

「……」

沈黙を貫く。誰よりも雄弁な沈黙を。そんなマリに声をかける者はいない。

ザッ、と複数の音が響き、目を上げた。

カローンの全員が無線を気にする様子を見せた。誰かから連絡でも入ったのかもしれない。

「ミライ少佐」とアズマの静かな声で、相手は戦闘応援兵科の人間だと知った。

「……もう、落ち着きましたか」

まるで相手が今の今まで取り乱していたような言い方。

「ええ。……中尉は……やはり状況は変わらずです」

その言葉に初めて、マリは顔を上げる。アズマ・ユーリ大尉の、傍目《はため》からでも疲労している
その表情。

「《勇者》の出現……分かりました。複合施設ですね。全員出動は可能です」

彼の言葉はどこか遠くで聞こえているようで、マリの頭には入らない。意識を向けなければ、
言葉とはこうも意味のない羅列になるのか。

要請があった途端、全員の顔付きが変わった。すぐに病室を出る彼等《かれら》の後ろ姿を眺め、マリ
は彼等《かれら》との乖離《かいり》をどうしても感じる。先輩はこんなに辛《つら》そうなのに、放っておくなんて。

残ったマリは、じっとカグヤのベッドを見つめていた。

「……せんぱい」

カグヤは未《いま》だに目覚めない。

そんな彼女を見るのはとても辛《つら》くて、澱《おり》のようなものが胸に溜《た》まっていくのを感じる。

しかしその澱《おり》は、カグヤに関してのことだけではなかった。

クロノスの真実——彼等《かれら》が意思を宿しているという、研究長の結論。それをカローンに伝えるかどうか。誰かの苦痛の上に成り立っているのだということを知らせてもいいのか。

「もし……彼等《かれら》にそれを知らせたら」

その後に起こることは考えずとも分かる。カローンは、クロノスを使用するのを厭《いや》がるだろう。もしそうなれば、《勇者》に対抗出来る人がいなくなる。

その選択はマリに委ねられている。マリは今、唯一、クロノスに意識があることを知っている者なのだから。マリが口を噤《つぐ》めばそれはなかったことになる真実だ。

言うべきか言わぬべきか。誰のために。なんのために。それはきっとカローンのために。

「……しらない、あいつらのことなんて」

拗《す》ねたように呟《つぶや》く声に、返答はない。

彼等《かれら》だけが反動なくしてクロノスを扱える。その理由は未《いま》だ分からないけれど。唯一確かなことがある。

カグヤがこうなったのは彼等《かれら》のせいだということだ。どうせ何もかもカグヤに任せきりだったのだろう。だからカグヤは潰れてしまった。

自分からカグヤを奪っただけでなく、こんな姿にした奴等《やつら》。
だからマリは、戦闘兵科が大嫌いだ。

二　回帰

要請があって出動に応じたアズマは、駅近くの複合施設で《勇者》と対峙《たいじ》する。

ショッピングモールの二階に《勇者》はいた。その姿を視認する前に、アズマは音を聞く。

子供の泣き声にも似た叫喚を。

【――アアアアシャアアアア】

《勇者》は一本の軸を中心に、回転する輪の姿をしていた。直径は二十センチと、異常に小さい。逆に攻撃が当たり辛《づら》い姿をしていたが、その《勇者》の強みはそこだけではなかった。

【――アアアアシャアアアアアアアアアア!!!!】

騒音――それも、常軌を逸したレベルの。

突然の大騒音に近くにいた者の大半が気を失っていた。アズマ達もその、空気をつんざくような叫びには慣れず耳を押さえている。

「――ッ、まずいな」

アズマが卵の位置を特定しているのは音によるものだ。いくら周波数が違うとはいえ、この大騒音の中では探し辛《づら》い。

「せめてあの声だけでも止められれば」

声は輪の中から響いているようだった。輪には軸があるがそれ以外は空洞で、軸と輪を繋《つな》ぐものが存在しない。

その軸の先端に、《勇者》の纏《まと》う闇があった。

「ッ、――」

闇に塗り潰されたその下。右目にだけ映るその顔。

背筋が震えるのが分かる。狂気の顔だ。顔を覆う暗闇の下にある笑顔。

少女だった。小さな子供だ――しかしそれは子供の無邪気な笑顔とはまったくの別物で、まだ慣れてはいないアズマは思わず右目を押さえる。

人間の顔に見えるというのは厄介だ。もう人間でないとはいえ、己の手でその人間を殺しているような錯覚すら覚える。

(……錯覚だ。そうだろう、中尉)

腰の刀をすらりと抜く。

美しい――そして醜い「生きた武器」。血管が巻き付いているような、およそ被造物とも生物とも思えないその姿。しかし何故《なぜ》かアズマの手にはよく馴染《なじ》む。

この刀は――

喉を貫いたもの、とされている刀だ。研究長の喉を。

(……本当にそうだろうか)

もしそうなら、これほど簡単に今、自分の手にあるわけがない。いくら貴重な武器とはいえ証拠品なのだ。アズマ側も断る理由としては弱かったので受領したが。

【アアアアアアアアアア！！！】

再びの咆哮《ほうこう》――鼓膜を破らんという勢いで放たれるそれは、衝撃で施設の壁にひびを入れるほどだった。

一波に耐えたあと、ハルは何もなかったかのように呟《つぶや》く。

『まるで子供の泣き声のようね』

「……子供なら、泣《な》き止《や》ませてやらないとな」

軽く構えた。もともと使っていたクロノスよりは長く、重さに初めは面食らった。けれど振るうようになれば慣れるのは早かった。

どうにも初めて触れた気がしないのだ。支障はないので問題視はしていないが。

『アズマ』と、リンドウから。

『卵はどこだ』

静かな問いかけに呼応し、彼は耳を澄ます。

六年前の《勇者》による攻撃以来、彼の耳は特別仕様だ。《勇者》の因子をもっとも近くで受けた彼は、同じく生き残りのカローンでは唯一、「卵」の音を聞くことが出来る。

だがその音は通常よりも周波数が高く、この大騒音の中でも彼はそれを聞き取れる、はずだったが。

「……⁉」

アズマは目を見開く。聞こえなかったのだ。

というより、それを妨害されたというべきか――

同じ周波数で発せられた無数のノイズによって卵の「音」は掻《か》き消《け》され、どれほど耳を澄ませても辿《たど》り着《つ》くことが出来ない。

『アズマ⁉　場所は！』

だからリンドウのその問いにも答えられなかった。卵の位置を捕捉させない、また違ったタイプの《勇者》である。

「き――聞こえない」

『何⁉』

きゅいきゅいきゅいきゅいと、そのとき《勇者》が妙な音を立てる。同時に回転――

「ッ⁉」

咄嗟《とっさ》に身構えるが、何も起こらない。ただ無節操に回転し続ける輪は、廻《まわ》るばかりでこちらに近付いてくる様子もなかった。

（ひょっとして……）

カグヤがいれば助けられたかもしれない相手だったのか。

思考の中ですら彼女に頼ってしまうことに情けなさを感じる。彼女がいなければもはや——

『アズマ』

リンドウの強い口調にはっと我に返る。そう、今はそんなことを考えている場合じゃない。

『聞こえないっつうのはどういうことだ？』

「聞こえない。妨害されている——と思う。ノイズがかかっているかのようだ」

チッ、とリンドウは舌打ちを隠さなかった。

『……いや、悪い。だがそれだと随分と面倒だ』

敵対する《勇者》は体躯《たいく》が小さく狙いにくい。大外から斬ろうとしても、車輪の回転により弾《はじ》かれてしまう。小さいため、一撃で潰してしまえるような大火力の武器があれば良いのだが、それだと逆に、この速さに適応出来ない。

『とりあえず動き止めねえとだ。どうするよ隊長』

問われて、アズマはしんと一瞬沈黙する。しかし《勇者》は考える暇すらも与えなかった。

しゅん、と風を切るような音と共にアズマに向かい飛ぶ《勇者》。

狙うなら突きだ。しかし——ただでさえ小さな車輪、直径は二十センチもない。しかも外せば、そのまま刀《クロノス》が車輪の回転に巻き込まれ破損する恐れがある。

（いや。だが、この程度なら）

アズマは構えを崩し、まず出すのは左足。一歩で大きく《勇者》に接近、次の一歩で思い切り《勇者》を蹴り飛ばした。

ひゅう、と風切り音にも似た、息を吸うような悲鳴を上げながら遠くに吹っ飛んでいった
――かと思いきや、そこで再び急回転。蹴り飛ばされる前の回転数よりずっと速く、そして多く回転し、蹴ったアズマの元へと一目散に向かっていった。

「……」

その回転を見極めることは、彼には出来なかった。だがその必要はない。

見えるのは、《勇者》のその顔。表情。狂ったように回転する、子供の笑顔だ。

吐き気と怖気《おぞけ》を同時にもたらす、二目と見られない悍《おぞ》ましいものだった。

その笑顔がこちらを向いたその瞬間、彼は外さぬ速度と位置で刃を翳《かざ》して――

軌道が変わった。

「何――!?」

その刃を避け、最大効率の回避を行ってアズマの顔に突っ込んでくる。キィンと金属が叩《たた》かれる音が響いた。刀で受けたのだ。

そしてその一瞬によって、今度は彼が吹っ飛ばされる番だった。

といっても精々数歩分の距離の上、すぐに体勢を立て直したのでなんの影響もないのだが。

そのとき複数の思考と判断が、一瞬にして彼の脳裏を掠《かす》める。

「コユキ。頼みがある」

そして無線にて、アズマはコユキに狙いを伝えた。

「六発撃ってくれ。動きが止まったところで俺が行くから」

『それって——悪くない考えだけど、それは危ないよアズマ』

コユキから反駁《はんばく》。

『つまり私が先制して、その隙をアズマが突くつもりなんでしょ？　回転が速すぎて、もう一種の結界のようになってる。撃ってもただ跳弾するだけだし、それにこれじゃあ、リンドウですら近付けない——』

「……いや。問題ない」

叫びながら回転し続けるその《勇者》に、いったい何があったのか。

片手を添えて突きの構えを取る。一発で終わらせてやりたかった。顔が見えるようになってから彼は、一抹の憐憫《れんびん》をもとに、彼等《かれら》を介錯《かいしゃく》してやるような、そんな心を抱いていた。

『どうするの隊長——』と、ハルからの通信。

『卵の位置が分からないんでしょう？　あまりに無計画だわ』

そんなことは言われなくても分かっている。

前の自分ならどうしていただろうか——と彼は思い出そうとした。カグヤに出逢《であ》う前の自分なら、そう、自らの身を顧みずに飛びかかっていただろう。

（……止《よ》そう）

その考えを即座に捨てて。彼は元の冷徹な視線を《勇者》に、その内の少女に向ける。

人殺しの化け物。それ以上でも以下でもない相手に。

「無計画でもなんでもいい。……俺が止める」

全体に響き渡るようにそっと、静かな声音で。

方法など簡単だ。

暴走する車輪を止めるには、中にモノを突っ込んでやればいい。替えの利かないクロノスではなく、人間的でないほどに治癒力が高い――自分の身体《からだ》の一部を。

「その隙にどちらか、頼む」

『⁉　ちょっとアズマ大尉‼』

自分がこれからやろうとしていることに気付いたらしいハルが、視界の端で血相を変えている。しかし彼は構っている暇などなかった。

音も立てずに――疾る。残像すら見えなくなった車輪の回転に近付き、彼はそのまま自らの右腕を突っ込んで――

「ああああっ‼」

上げた小さな叫びは、《勇者》の大騒音に紛れて聞かれはしなかったようだ。

右手首は吹き飛ばなかった。ただやはりずたずたで、――きっとすぐに治癒するとはいえ、好んで見ていたいものでもない。

動きがぴたりと止まったその隙を、コユキは見逃さなかった。銃撃音——放たれた銃弾は《勇者》に違《たが》わず当たり、どこかにあった卵と共に呆気《あっけ》なく吹き飛んだ。呆気《あっけ》ないほど小さな爆発音と共に、大騒音はぴたりと静まった。

「……」

《勇者》の「元」は、幼い少女。顔を塞いでいた闇は晴れ、その奥からあどけない顔が覗《のぞ》き、やがて消滅した。笑顔の裏にほの暗い狂気と絶望を宿した、しかしどこにでもいるような少女の笑顔は、数秒もせずはらりと消えた。

その消滅を見届けた後——

『マジでお前何やってんだよ急に!!』と、リンドウ。焦《あせ》って走って来たらしい彼は、今度は肉声でアズマに詰め寄る。

「いくら人より治癒早いからって——」

「……すまない」

ハルも駆け寄って来た。「馬鹿じゃないの!?」との叫びの後、彼女は手際《てぎわ》よく応急手当をする。その様子を虚ろな表情で見下げていると。

『アズマ』と、今度はコユキの気遣わしげな声が無線に入る。

『……辛《つら》いの？』

「……いや」

問いの形をとっているものの、それは己もそうだ、と言っているような口調だった。

カグヤの同室のコユキ。サクラが居なくなってからは特にカグヤと仲がよくて、ランチの際は大抵彼女と一緒だったようだ。アズマがカグヤと食事をとるのは、コユキに用事があって時間が取れない時だけである。そのくらい、二人は一緒にいた。

コユキは己の辛《つら》さを隠そうとする傾向にある。それでも隠し切れてはいないのだが。

「いや。問題ない。それに、騒ぐようなことでもないだろ」

そんな彼女に内心を吐露するわけにもいかず――無理に振り払うように。彼は思ってもいないことを口にする。

「……元に戻っただけだ」

三　決意

その夜——広間にて、リンドウは本日の《勇者》戦について思いを馳《は》せていた。

アズマの能力が急に効かなくなった。それだけで劣勢になった事実に嫌気が差している。今日は偶々《たまたま》相手が小さかったからよかったが、いつもそうであってくれるとは限らない。

一撃で屠《ほふ》るのは難しい《勇者》の方が、寧《むし》ろ多いだろう。その時どうするか——彼はその答えを未《いま》だに出せていない。

「……ま、こっちが普通なんだろうけどな……」

《勇者》の卵の位置が分かるという能力は唯一無二。アズマにしか存在しないもので、カローンは今までずっと「それ」頼りだったのだ。

改めて考えればなんと楽な仕事だったか。アズマが指し示すところを攻撃する、ただそれだけなのだから。

「ま……それも、カグヤ《あいつ》が来てからは必要なくなってたみたいだがな」

どのような攻撃性を持つ相手でも、カグヤがいれば消滅させることが出来る。それに頼っていなかったかといえばそれは違う。

「……いつの間にか随分頼ってたなぁ」

初めはむしろ拒絶していたのに。

あいつがいればと、彼ですら無意識に思ってしまっている。

「ここまで来たら頼りすぎ、ってやつだな——」

「——それって、どっちに？」

広間の扉の方から声がして、リンドウは顔を上げる。わざわざ誰と確認するまでもなかったが、そこにはコユキが壁に寄りかかって立っている。

「カグヤとアズマ。どっちに頼りすぎてたって？」

「盗み聞きとか趣味悪いぞ」

「今来たばっかよ」

そしてコユキは、特にリンドウに声をかけることもなくソファの隣にぽすっ、と座る。スプリングの沈みは、リンドウよりはだいぶ浅い。

「どっちも、だよ」

そのコユキの問いに、リンドウはこう答える。

「どっちもだよ。正直俺らは、アズマとカグヤに乗っかってるだけだった。……カグヤが来てからは乗っかる必要すらなかった。最悪、アズマとカグヤだけで事足りるからな」

「確かに。そうだったね——」

コユキはふと、自らの手を見遣《みや》る。白い艶《つや》やかな手にある豆。

「私はさ、《勇者》を斃《たお》すためにってずっと戦って来たけどさ。カグヤが来てまだ半年も経《た》ってないのに、いつの間にか――《勇者》も救われればいいってそう思ってた」

彼はそれには答えない。

《勇者》なんてただの化け物。それ以上でも以下でもない存在――そう思ってたのに」

そう思っていたのはリンドウも同じで、寧《むし》ろ彼は顕著な方だ。

強い恨みがあるわけではない。ただ、一度生を捨てた彼にとって、それが生きる意味でもあったから。

だが、今は少し違う気もしている。

「ま、あいつがいりゃスムーズなのは確かだ。動きが止まるっつうのは結構助かってたし」

「……ほんとにそれだけ？」

まさか疑われるとは思わず、リンドウは顔を顰《しか》める。

「ほんとにってお前……」

「ほんとはアンタも、《勇者》が救われた方がいいって思ってんじゃないの？」

「は？　ンなわけな――」

「いや、分かるから。何年の付き合いだと思ってんのよ」

「……うるせぇな……」

拗《す》ねて顔を逸《そ》らしたが、否定はしなかった。コユキはくすりと笑みを溢《こぼ》した。

「無駄に虚勢張るのは会って以来ずっとだよね。私らだからいいけど、誤解されるわよ？」

「お前らにされないならいいだろうが」

と自分で言って、ん、と謎の違和感に気付く。

「ふーん？」と、コユキのにやにやした悪どい笑みを見て、リンドウは何かやらかしたなと直感した。今何か、とても恥ずかしいことを言ったような。

「照れること言ってくれるじゃん」

「はぁ？」一応精一杯凄《すご》んでも、コユキにはまったく効かない。

昔からの腐れ縁だ。互いに気心知れている。アズマとカグヤの間のような、ぎこちない関係とはまったく違う。言いたいことは、お互いに隠さず言い合って来た。

「まあそれはともかくとして」

強引に元の話題に戻す。

「あんまり頼り切り、ってのもよくないからな。少し考えるか。俺たちのやり方を」

「そーだね。今まで支えてくれた分、今度は私たちが」

アズマと、そしてカグヤに依存していた分。自分たちだけでも斃《たお》せるようにならなければ。でなければ、自分たちの存在する意味すらなくなってしまう。

「私たちが頑張ろうね、リンドウ」

そしてコユキはこちらに向かって拳を突き出した。

ああ、とリンドウはその意図にすぐに気付く。気付いたうえで、それを当然のように受け入れて応える。

同じように拳を作り、自分より一回り小さいコユキのそれにコツン、とぶつける。

同志だ。コユキとの関係を表すならばその言葉が相応《ふさわ》しい。アズマやカグヤとの関係とはまた違う、サクラとも少し違うような、なんとも言い難《がた》い無二の関係。

猫のような朱《あか》い瞳、そしてリンドウの鳶色《とびいろ》の瞳。一瞬交錯したその間に、互いの意思が等しく同じであることを知る。それは彼にとってもとても得難《えがた》い感情でもあった。

「ま、でも今日は寝るわ。私は」

コユキはそう言ってソファから立ち上がる。問うように見上げたリンドウの視線に、コユキは微笑《ほほえ》みで答えた。

「……今日はちょっと疲れちゃった」

「今日だけ、じゃないだろ」

今度はリンドウが見透かしてやる番だ。きょとんとした顔のコユキを笑う。

「俺もそうだからな」

「はは、なるほどね。アンタも早く寝なよ。夜更《よふ》かししてたら、タカナシに怒られちゃう」

その名を聞いて、リンドウは思い出すように視線を遠くに向ける。具体的にはキッチンに。

「タカナシか。あいつはいったい何してんだろうな――」

「あの子はもともと監査所の人間でもあるから。色々と調べてるみたいよ」

何を、とわざわざ聞く必要もなかった。

研究長のことや、それ以外の色々なこと。

元監査所にいた彼女だから出来る、そして分かることだ。それを暫《しばら》く、彼女は調べているようで、最近は話す機会も少なかった。

元から少なくはあったので、リンドウは別に気にしてはいないのだが。

「つーかあいつ、いつも何やってんだろうな」

何をしているかは、少し気になっている。


リンドウが行ってしまった後。コユキはソファにもたれかかった。

はああと、大きなため息を吐く。誰もいない広間に静かに染《し》み渡《わた》っていく吐息の音が、妙に寂しかった。

「だから言ったのに」

技研《ぎけん》出身の彼女が、戦闘兵科にそこまで義理立てする必要はない、と。

「……言ってない、か……」

誰も言えなかったのだ。

カグヤの活躍は、カローンの戦い方に影響を及ぼしていた。危機的状況下でも打開出来るほどの活躍。リンドウの言いたいこともよくわかる。

それに甘んじていて——危険だと分かっていて、結局これだ。

一週間前の《勇者》に、他と違う特徴はなかったという。つまりはカグヤ側に何かがあったということ。そしてカグヤを追い詰めたのは、紛れもない自分たちなのだ。

「元に戻っただけ、か……」

アズマの言う通りだとコユキも思った。

カローンから見るとまったくその通りだ。やり方が元に戻っただけ。

だがカグヤからすれば堪《たま》ったものではないだろう。

「そして、あの子にとっても」

エザクラ・マリという少女と、コユキは面識がない。けれど彼女の気持ちを思えば、コユキでさえ胸が痛くなる。上官を失い、先輩であるカグヤは意識不明の状態なのだから。

きい、と扉が開く音がして、目を上げる。この広間の扉は建て付けが悪いので、少しでも動かせば音が響いてしまう。

「あ……アズマ」

入ってきたのはアズマだった。相変わらず何か考え込んでいるようで、眉間に皺《しわ》が寄っている。

前からそういう傾向はあったが、カグヤがいなくなってから特にそうなっていることが多かった。

「……凄《すご》い顔してるじゃない」

声をかけて初めて、アズマはコユキの存在に気が付いたようだった。

「何そんなに思い詰めてるのよ。アンタちゃんと寝てんの？」

「……コユキには言われたくないな」

アズマは珍しく困ったように笑顔を作って、コユキの向かいに座る。

「こんな時間に起きているということは、そういうことだろう？」

「ったくあーいえばこういうんだから。……寝られないのよ。どうにも静かすぎて」

カグヤは夜遅くまで、いつも何か作業をしていたから。その音がなくなって、意外と眠れない。だからといって、特に大きな支障があるわけではないのが余計に悔しい。

サクラのときもそうだったのだから。

「あ、そうだアズマ。ちょっと言いたいことあるんだけどさあ」

思い出したことがあって、コユキはそれを伝えることを優先させることに。

隣をぽんぽんと叩《たた》くと、アズマは露骨に嫌そうな顔をした。小言が始まると思っているからか。まあ、その通りなんだけど。

「なんだ、言いたいことって……」

「今日もそうだったけどさ、前からそういう傾向があったとはいえ、流石《さすが》に暴走し過ぎ。不死身じゃないんだから」

「別に暴走してるつもりは――」

「アンタにそのつもりがなくても、そうだって言ってんの」

自棄《やけ》になっているのだろう、ということは分かる。カグヤが昏睡《こんすい》状態に陥ったのも、元をただせば自分たちに責任があるのだから。

「いやそれは、単に……とにかく、やり方は今までと大して変わってないはずだ」

そして案の定アズマは、暴走していることを認めはしなかった。

「迷惑をかけたことは悪かったと思ってるよ。これからは控えるようにする」

「それならいいけどさ――」

アズマが難しい顔をして腰かけているソファの、その向かいに腰を沈ませる。

アズマが突然暴走した理由に、コユキはもうひとつ心当たりがあった。ただ自棄《やけ》になったというだけでここまでのことをする人間ではないから。

「ちょっと焦《あせ》りすぎじゃないの。考えてることは皆一緒だよ」

「……」

「考えてること」の中身をアズマは的確に悟ったらしく、少し黙ったあと顔を逸《そ》らす。

「もし、明日カグヤの目が覚めたとしてもさ。今のままじゃ駄目だよ。あの子は止まらないだろうし、同じことになるだけ。だから私達で、斃《たお》す以外の方法も見つけないといけない」

「そうだな――」

だからアズマは暴走しがちだったのだ。

かつてはカグヤの心身の健康を考え、そのまま追い出した。その時はアズマも、誰も彼も、《勇者》を救わず斃《たお》すことを是としていた。

けれどカグヤは戻ってきて――そして彼女の姿を見て。

もう、自分達は、ただ斃《たお》せばいいというだけで納得はしないのだと気付かされる。

「もともとは彼女がいなくても成り立っていたんだ。斃《たお》すことだけなら不可能とは思わない」

「斃《たお》すだけなら、ね。……アンタはさ、確か見えるんでしょ？《勇者》の中の人の顔が」

少し前に聞いたことだ。アズマは《勇者》化の後遺症で、《勇者》のあの暗闇の奥が見えてしまうのだという。

「ああ。……まあ、見たくて見てるわけじゃないんだがな」

「アンタも大変ね……」

《勇者》の卵の音が聞こえるだけでなく、その《勇者》の顔まで見えてしまうなんて。

「早く片を付けようとしてるのは、そういう理由もあるってわけ？」

「……違うとは言えないな。好んで見たいものじゃない。どう足掻《あが》いたって記憶に残ってしまうから」

アズマはカグヤと違って、ただ「見えるだけ」だ。どんな言葉も通じない。それがとてつもないストレスであることはコユキにも察しがつく。

「それにしては、出るのをやめたい、とかは言わないのね。辞めるってほどではなくても、例えば右目だけ隠してても戦えるんじゃないの？」

「いや……だが、今はカグヤがいないから」

少しだけ困ったように、アズマは笑みを零《こぼ》す。

「だから、俺がもし見てやらなかったら、……《勇者》がどんな死に方をしたのかを覚えてる奴《やつ》はいなくなる。本当に化け物として死んでしまうんだ」

「……だから敢《あ》えて『見てる』ってことなのね」

本当にこの隊長は、意味の分からないところで優しいなとコユキは頭の隅で思った。

既に《勇者》となり、助ける術もない彼等《かれら》の顔だけでも覚えてやるために、わざわざ苦しい思いをしているなんて。

「前は化け物以上でも以下でもないとか言ってたのに」

「いいだろもう、過去のことは……そうだ、《勇者》といえば」

少し煩《うるさ》そうにしたアズマは、無理に話を変えようとコユキに振る。

「今日の《勇者》。少し厄介だったな。卵の位置が、俺でも分からなかった。今日は運が良かった――」

今日の《勇者》は小さかったから、卵ごと一撃で爆散させることが出来た。だがもしこれが、かつてアズマ達が対峙《たいじ》してきたような身体《からだ》の大きい《勇者》だったなら。

「これからは今日のようにはいかないだろう。対策を考えないと」

「そうだね……タカナシ少尉に聞いてみようか。彼女なら、卵の場所が分からない状態でも戦って来ただろうし」

きいいと控えめに扉を開ける音がして、コユキとアズマはそちらに目を遣《や》る。

ちょうどタカナシ・ハルがそこにいた。誰もいないと思っていたのか、少し目を瞠《みは》っている。

「どうしたの、こんな遅くに……」

「いやそれ、アンタが言えることじゃないでしょ」

時刻は既に一時を回っている。普通ならばとっくに就寝している時間だ。

「私はアズマ大尉に用事があって。部屋にいなかったからここにいることは予想していたけど。貴女《あなた》まで起きてるとは思わなかったわ」

「ちょっとー。私がいたらなんか駄目なわけぇ？」

「いやそういうことじゃ……何、結構面倒臭いのね貴女《あなた》」

露骨に嫌そうな顔をしてくるハル。なんだか癪《しゃく》に障《さわ》るが、以前はしなかった表情だから、少し微笑《ほほえ》ましくすらあった。

「何か用でもあったのか？　急ぎじゃないなら明日でも……」

「いえ。緊急ではないけど、これは充分に急ぎの部類に入ると思うわ」

「なんの話だ」

急ぎと言われ、アズマは恐らく己でも無意識に緊張状態に入っている。ハルの話をしっかりと聞く体勢になり、少しだけ前のめりになる。

「別にそんなにかしこまる必要はない。ただ、……そうね、私一人で抱えるには少し重すぎたものだから」

ねえ、と彼女は、コユキとアズマ、二人に語り掛ける。

「ちょっと、折り入ってお願いしたいことがあるんだけど」

思わぬ言葉に、コユキとアズマは顔を見合わせた。

・・・

困惑した様子の彼等《かれら》の真ん前の位置に、ハルは座った。

ふかふかなソファに身体《からだ》を沈み込ませると、四つの瞳に射抜かれる。

「どういうこと？」

まず言葉を発したのはコユキだ。

「お願いしたいことって何？」

「何故《なぜ》監査所が彼女に拘《こだわ》っていたのか。それを調べたくてね」

「監査所が、何かあるのか？　シノハラ中尉と」

「……この話をするにはそもそもの前提を話す必要があるわ」

そしてハルは語った。

自分がカローンにやってきた経緯とその後の行動を。

実は初めての告白だった。それを聞いたアズマとコユキは、しかしそこまで驚いてはいなかった。寧《むし》ろ、冷静に聞いているような。

「私は監査所に急に異動をしたからデータベースのアクセス権がまだ残ってたの。もう少ししたらバレてしまうかもしれないけど——その前に、抜けるデータだけ抜いてきた」

「ぬ、抜いてきたって……それは大丈夫なのか？」

「全然大丈夫ではないわ。でも、もうそんな穏便なこと言っている場合ではないと思う。研究長が殺された件もあるけど、これを見て欲しい」

とハルは、懐《ふところ》から例の写真を取り出した。

「これは——写真か？　しかも紙の。まだこんなものあったんだな」

「エザクラ准尉が本部の資料室でシノハラ中尉と共に発見したものらしいわ」

しかしその言葉に、アズマもコユキもあまり集中していない。それよりも写真の内容について驚いているようだった。

「これを見る限り、私達に伝わっていた『勇者』という名の由来は少し違ったということになる。それなら何故《なぜ》、彼等《かれら》は勇者と呼ばれるのかしら」

　そして、何故《なぜ》それを隠しているのか――

「研究長は確実に誰かに殺されている。それは間違いない。それと、シノハラ中尉が狙われていたのは関係があると私は思ってる」

　ゆるりと、アズマはハルの顔を見上げる。

「……なら」

　その瞳には強い危機感が宿っていた。まるで怯《おび》えた獣のように。

「なら、カグヤも――狙われるということか？　研究長のように!?」

「落ち着いて。まだそうと決まったわけじゃない。……一人にしておくのは少し不安だけど」

「す、少しじゃ……」

「医務室にはだいたいエザクラ准尉もいるし、そう怖がることじゃない――ただそれに関してでもあるけど、アズマ大尉にお願いがあって来たのよ」

　不審な表情をするアズマに対し、ハルは淡々と伝えてくる。

「話したかったのは、少しの間の出動停止。もともと大して貢献していなかったし、戦力的には問題ないでしょう」

「……何故《なぜ》だ？」

「シノハラ・カグヤについてもそうだけど、もっと多く――そして出来るだけ早く、真相を調べる必要があるから」

アズマは眉にほんの少しだけ皺《しわ》を刻んだ。一瞬だ。一瞬で色々なことを考えたのだろう。しかしすぐに元の顔に戻り、首肯する。

「真実については俺も気になっていた。しばらく出動を停止としようか」

「ええ。感謝するわ」

ハルは目だけで鷹揚《おうよう》に笑う。そのあとすぐに、目つきが真剣なものになった。

「……けれどやはり、この組織は何かがおかしい」

とても大事なことを隠されているような気がして。

間一　夢中

とても大事なことを忘れている気がして、神久夜《カグヤ》は首を傾《かし》げている。

目の前に見えるのは戦闘終わりのカローンの面々だ。

桜《サクラ》、小雪《コユキ》、春《ハル》、竜胆《リンドウ》。大きな怪我《けが》もなく終わった戦闘。誰も欠けていない。出勤したその時のままだ。

今回《勇者》の精神内部に入ったのは春《ハル》のようだった。頭痛がするのか、頭を押さえて疲弊している。

「まさか一番近くにいたのが私だったとはね――」

「春《ハル》、お手柄だったよ」と、桜《サクラ》は彼女の肩をポンと叩《たた》く。

「少し時間がかかってたのは、やっぱり説得に時間がかかったから？」

「ええ。……正直に言うわ。私これ向いてない」

聞こえてきた会話にくすりと笑う。この分だとそれほど心配する必要もなさそうだ。

広間の扉が開いて、数人の少年少女が雑談しながら入ってくる。留守番していた神久夜《カグヤ》はそれを迎え入れた。最初に顔を合わせたのは桜《サクラ》だった。

「お、神久夜《カグヤ》ちゃん。ただいま」

「桜《サクラ》、皆。おかえりなさい」

それぞれに挨拶を返し、部屋に戻ったり広間に居座る仲間たちを見つつ、やはり神久夜《カグヤ》は違和感に囚《とら》われる。

なんだろう。

何かが足りていないような。

本当はこの場にいなきゃならないはずの何かが、決定的に欠けているような。

（……いや、違う）

ような、ではない。確実だ。確実にこの光景にはおかしなところがある。何かが足りていないのだ。しかし何を、と考えても分からない。朧気《おぼろげ》な記憶を辿《たど》っても——手繰り寄せて無理やり繋《つな》いでみても、何も出てこない。

言い様のない、不明瞭な異常。説明のつかない違和感。耐え難《がた》い気持ち悪さだった。

「あ、それ」

コユキが机に置かれているもの、というか神久夜《カグヤ》が用意したものに気付いた。

「えーすごい！　これ……ケーキ？」

「そ、そうです。さっき作ったんですよ」

留守番しているのだから、このくらい労《ねぎら》いを見せてもいいだろうと思ったのだ。そして案の定、皆は喜んでくれている。

「ウェルカムケーキってやつ？　ありがたいよ、やっぱり戦闘後は甘いものが欲しいからね」

「ウェルカムは違うだろ桜《サクラ》。帰って来たばかりなんだから」

「じゃあ……おかえりケーキ？」

なんだそれ、と場は盛り上がる。おかえりケーキという可愛《かわい》らしい響きに、神久夜《カグヤ》もつられて一緒に笑った。

「あ、冷蔵庫の中にもありますよ、ケーキ。沢山作ったので」

おお、と何人かが嬉《うれ》しそうな顔を見せる。

その言葉を受けて早速冷蔵庫を開けて覗《のぞ》き込んだハルが、「あら」と首を傾《かし》げる。

「全部で十個くらいある？　ちょっと多すぎじゃない？」

「え？　いやいやまさか、寧《むし》ろ少し少なかったかなと思ったくらいですよ」

神久夜《カグヤ》の弁解のような勘違いぶりに、コユキははーっと呆《あき》れた表情を見せる。

「神久夜《カグヤ》、一応言っておくけどね、おかしいのはアンタの胃の方なんだからね？」

「えー、そうですか？　皆さん小食なんですね。食べないと持ちませんよ？」

「充分だっての！　というか神久夜《カグヤ》の方こそ、そんなに食べてよく平気だね……」

そんなにってほどでもないですけどね、と神久夜《カグヤ》は首を傾《かし》げる。

「まあいいじゃん。今日はそんなに疲れたってほどでもないんだし」

桜《サクラ》の助け船によって、その場は一旦解散となる。残った桜《サクラ》と小雪《コユキ》がケーキに手をつけ始め、神久夜《カグヤ》もそれにならって食べたいケーキを選定する。

素敵な日々だと、神久夜《カグヤ》は思った。

誰も死んでいない。《勇者》にもなっていない。

そんな日々を、ずっとずっと欲《ほっ》していたような気がして、神久夜《カグヤ》は思わず涙ぐむ。

（やだ私、何泣いてるんだろう……）

皆に見えないように、そっと頬を拭う。手の甲に感じる液体の感触。頬を伝った熱い何かの感触に、神久夜《カグヤ》は愛おしさすら感じた。

四　葛藤

その日、アズマたちカローンは池袋にいた。《勇者》出現の報を受けてのことだ。

【シャアアアア!!】と、蟲《むし》の声にも似た唸《うな》り声を上げる、これは——言うなれば本の集合体のような姿だった。

無数の本が集まってひとつの姿を形作っている、そういった《勇者》だった。その姿は蛇に近く、腹の部分にはまさに蛇腹のように本が交互に繋《つな》がっている。動くたびに紙がずれる音がして、それだけでも総毛立つほどに不気味だ。

『アズマ、場所分かる?』

「……いや」

耳を澄ましたが、またそれでも聞こえてこない。卵の音を隠すように、ノイズ音のような悲鳴のような音が響き、聴覚を阻害している。

今回の《勇者》は運悪く身体《からだ》が大きい。蛇の太さは子供の胴体ほどもあり、少し身体《からだ》の小さい人間なら軽く呑《の》み込めそうだ。

しかしその口は見えない。顔のある空間を潰すように暗闇が存在しているからだ。

そしてその内側には、元となった少女の「顔」がよく見える。右目にだけ映る幻影のようなそれを見つつ、アズマは己の中に重石《おもし》のようなほの暗い感情が広がっていくのを感じる。

いつものごとく、ただ斃《たお》すだけ――以前は当たり前のようにしていたことだが、今のアズマにとっては違うのだ。

見えてしまうのだから。彼等《かれら》の顔が。

そして彼は、《勇者》の顔を、彼等《かれら》の死に様を覚えていたいと思い、敢《あ》えて「見る」ことを選択している。

「……はぁ……」

精神的な疲弊が酷《ひど》かった。自棄《やけ》になるなと言われたからアズマは抑えているが、「見えた」時にどうしても心が追い付かない時がある。

(乗り越えられると――思っていたんだがな)

浮かべる狂気の笑み。その悍《おぞ》ましい笑顔を見つつ、刃を振るわなくてはならない。狂気に終止符を打つ死神のように。介錯《かいしゃく》を行うかのように。

あの時は――あの霧のなかにいた時は、まだ乗り越えられると思っていたのだが。

(カグヤがあんな状態になってから――何も出来ない。結局俺は、斃《たお》すことしか)

かつては自分もあんな姿だったのだと、その壊れた笑顔を見る度にそう思い知らされてしまう。それがアズマにとっては耐え難《がた》い苦痛だった。

『アズマ。大丈夫?』

気遣わしげなコユキの声。

「いや、そこまで心配されるほどのことでもない。それより『卵』の位置を探さないとだな」

『ええ……そうね。それに今度は相手が悪い』

言われるまでもない。カローンの面々はずっと、アズマの能力に頼り切っていたから、手探りの状態で戦う術を持たない。

――《勇者》が動いた。

「……ッ！」

蛇は唐突に身体《からだ》を上げ、アズマたちの目の前に腹部分を顕にする。

厚みがそれぞれに違う無数の本は一斉にその身を開き、可読部をアズマたちに向けた。しかしそこにあるのは文字でも絵でもなく、ただの暗闇。ページのすべてを塗り潰されたかのような、目を奪われるほどの闇だった。

「見るな！」とアズマはそれだけを叫ぶ。

その声さえどこか震えているのを、彼は自覚した。

「顔に当たる部分――それはあの暗闇すべてだ！」

勇者の顔が存在するのは黒く塗り潰された本の中身。と言うことは、その全てを幻視するのだ。勇者のその奥を。中身を。

少女だった。顔立ちは成長期に差し掛かっているものの、アズマたちよりは年が若い。あどけない顔が醜い笑みで歪《ゆが》むその情景が、――しかもそれが、開いた本のすべてに無数に。

けたけたと嗤《わら》うような笑みに、しかしアズマは恐慌《きょうこう》している暇などない。舌打ちが無線の向こうから聞こえてくる。リンドウだ。

『物量で押してくる相手はいつだって厄介だな。威力で無理矢理押し切る。だろ、コユキ』

『そうだけど、カンタンに言ってくれるわよねー。ひとつひとつは雑魚《ざこ》そうだけど、数で押してくるタイプほど厄介なもんはないわ』

蝶《ちょう》のように自在に動く数多《あまた》の本は、それぞれに異形のかたちを取って攻撃してくる。鳥や虫や木々の姿に変貌し、カローンを翻弄する。

卵がないのに《勇者》が動くことはない。核である卵が埋没する肉体から斬り離されたものは、単純な「肉片」という扱いだ。だから卵は必ず存在する。それでも音は聞こえない。

【シャアアアアア!!!】と叫喚により我を取り戻す。どれだけ混迷していようと精彩を欠くことがないのが、笑えるくらい皮肉だ。

本たちが襲い来る。大きさも厚みも様々な、《勇者》の中の少女の世界を彩《いろど》る本たちが。

まずアズマの視界に入ったのは、辞書のような風体《ふうてい》の本だった。

真っ黒に塗り潰された、鈍器と化した本がアズマを襲う。それをまるで絹を裂くように簡単に切り裂き、次に控えていた文庫本、絵本、漫画本、すべてを一刀のもとに斬り伏せる。

本は通常の本と材質は変わらないようで、刃物を当てるだけでもスッと切れていった。

「だが──」口にしかけ、彼は一瞬淀《よど》んだ。

アズマは一度だけ《勇者》になりかけたことがある。

そのときのことを、アズマははっきりと思い出せているわけではない。《勇者》になる直前、彼は幻想を見たのだ。

《勇者》と成り果てた妹。そして、桜色に散った彼女。ほかにも沢山。沢山の《勇者》となった人間が、救われなかった彼等《かれら》の姿が、未《いま》だなお目に焼き付いている。

(今はそんなことを考えている場合じゃない──)

頭をひとつ横に振る。過去に思いを馳《は》せるのは後だ。アズマ、と無線が入る。

『立ち止まっちゃって、随分余裕じゃゃん。……結構これ、ヤバそうだよ』

軽い謝罪をしてから、アズマは《勇者》に再度向き合った。顔の暗闇に宿る狂気の笑顔。それを見て。

(もし、カグヤなら)

彼女ならこんなときどうするだろうか。

彼女は自分がどんな選択を取ることを望むだろうか。カグヤが、アズマに求めていたものはいったいなんなのか。

──お願いしますね、アズマさん──

美しい夕陽《ゆうひ》のなかに佇《たたず》む彼女の声が、ふと脳裏に蘇《よみがえ》る。《勇者》は難しいが努力しようと、アズマもそう答えたのだ。

本たちが襲い来る。今度は何かの図鑑だ。何十冊あるだろうか、並ぶと中々壮観である。図鑑たちはそれぞれ、表紙と裏表紙を溶接でもしているかのように繋《つな》がり一つの塊となっていた。

それと対峙《たいじ》するアズマ。

何度もライフルを撃ち込み、その度に比較的大きなダメージを与えていたコユキが、何かに気付いたかのように呟《つぶや》いた。

『……あそこ、庇《かば》ってる。リンドウ見て！』

リンドウがその声に反応。コユキが目線で示す方に、アズマも注目した。

そこは蛇の目に当たる部分。薄い本があった。この場で荒れ狂う無数の本とは比べものにならない、それはとても小さなメモだった。

そのメモを庇《かば》うように、図鑑やら漫画やらが旋回するように飛んでいる。

『あれか――コユキ!!　援護!!』

『任せな!!』

鋭く強い声とともに、コユキは構える。

看破されたと勘付いた《勇者》は、その本体を突然暴れさせる。蛇の形をした無数の本の暴走に、アズマは脚を止められる。

しかしコユキは止まらなかった。暴風をものともせず、ただひたすらに銃を構える。

リンドウとはこんな話をした。

まずは卵の場所を割るのが先決である。卵とは《勇者》の核になる場所で、つまりは生物でいう心臓のようなものだ。《勇者》も生物であるなら、そこを護《まも》ろうとするだろう。

――「だから、俺は奴等《やつら》に万遍なく攻撃を仕掛ける」

と、リンドウは言っていた。

――「お前はそれを見といてくれ。《勇者》が特に保護しようとした部分を、だ」

囮《おとり》となったリンドウの動きと、《勇者》の反撃や動きを確認して、特に《勇者》が護《まも》ろうとしている部分を特定する。

特定して、撃ち抜く。

荒れ狂う質量にも関わらず、コユキは姿勢を崩さない。その時を待っているのだ。ほんの一瞬でもいい、卵に至るまでの弾道に障壁がなくなるその一瞬を。

針に糸を通すような精巧さが求められる作戦だった。無軌道に荒れるいくつもの本は、照準を合わせるコユキを新たな敵と認識したらしく、そのままこちらに襲い来る。

本というのはいくつも連なればそれだけで凶器にもなりうる。それでもコユキは、動かなかった。一冊――ハードカバーの図鑑が飛んでくる。直撃すればダメージは必至、その図鑑の角がコユキの顔面に直撃する直前、リンドウの脚に蹴り飛ばされた。

啞然《あぜん》としたアズマを横に、二人は精巧な連携をとる。リンドウがピンチの時はコユキが助け、コユキが危ない時はリンドウが助ける。

結局自分達はこれまで、アズマと、そしてカグヤの能力に頼っていただけだ。その二人の力が使えない今、頑張らなければならないのは自分達だ。

「頭下げて」

すっとしゃがんだリンドウのその頭上。

道筋が見えた。赤い瞳を形作るメモ帳が、スコープの中心にはっきりと見えた。コユキには見えないし感じられないけれど、その奥にいるのだろう人間だった相手にも、少しだけ思いを馳《は》せる。このようになってしまった理由が、彼或《あるい》いは彼女にだって存在するのだろうから。

「貴女《あなた》は、いったいどんな夢を見ているのかしらね」

引鉄《ひきがね》を強く押し込む。

それとほぼ同時に弾は発射され、着弾し――内部の卵は蛇の顔ごとあっさりと崩壊、本に引火し爆発した。赤く染まるその光景を目に焼き付けて、コユキはひとり祈る。

この《勇者》が願い、そして叶《かな》わなかった夢。

その夢が――せめて優しく終わりますように。

五　覚悟

「……」

相変わらずカグヤは眠ったままで、ハルはなんともいえない寂しい気分だ。

その医務室で、彼女はひとつの写真と睨《にら》めっこをしていた。マリに教えられて手に入れたものである。

ハルにとっては待望だった資料だ。しかし彼女は喜びよりも先に複数の疑念に囚《とら》われていた。

写真に写る日付は2030年、4月6日。三十年前の資料——その頃の写真が紙で残っているのも不可思議なところだが、何よりその写真に写っているものが問題だ。

「……《勇者》」

ハルのよく知る、あの《勇者》が、街並みの中央に厳然と存在している。そう、「ただ存在しているだけ」なのだ。見慣れた攻撃性も、破壊的な行動も、写真からは読み取れない。

くるりと写真を裏返す。記述されているのは「第一技研《ぎけん》」の名前。つまりこの写真はおそらく第一技研《ぎけん》が所有していたものだ。

——それが何故《なぜ》、資料室などにあったのか。しかも、マリが発見出来たのだからかなり分かりやすいところにあったはずだ。それも疑問のひとつだった。

「ん――……謎が謎を呼んでるわね……」

他のカローンの面々から独立し、ハルが真相を確かめようとしているのには理由がある。

それは彼女が監査所の出身であること、そして、少なからず負い目のようなものがあったからだ。初めはカグヤのことを裏切ろうとしていたことに関してである。

「でも、この写真を見ると、三十年前から二十五年前の間に何かが起こったことは間違いない」

しかしその間の資料はない。

だからハルは、研究長の殺害現場に残されていた刀についてまず、調べることにした。少しの間サルベージをして、あまり時間もかからずに、刀の詳細に行き当たったのだ。

そして分かったのは、クロノスのある情報。それを伝えるために――

ガラリ、と引き戸の開いた音がしたのはその時だった。戸に背を向けていたハルははっとして振り返る。

「あ……え、っと……」

「貴女《あなた》は――エザクラ・マリ准尉？」

予想外だったのか、彼女の金色の瞳は大きく見開かれている。このエザクラ准尉とは、こうして一対一で対面するのは初めてだった。ハルにとっても望める相手ではなくて、どうにも気まずくなる。

「あ……ええと、なんで……？　カローンは今出動中じゃ……」

「ああ……私は少し事情があって。貴女《あなた》はお見舞いかしら」

マリはそれには答えなかった。警戒する猫のように、ハルから一定の距離を取りつつこちらを見定めようとしてくる。

「別に取って食ったりしないわよ。何をそんなに怖がってるの」

「……別に。貴女《あなた》一人に何か抱いている訳ではないです。それに怖がってもいません」

マリはそっと、医務室にあるもう一つの椅子に腰を下ろす。カグヤがよく見える位置だった。

「じゃあなんだっていうのかしら、そんなに距離をとって」

小さく座ったマリは問いに対して、聞こえるか聞こえないかという声量で一言。

「……嫌いなだけです」


嫌いというのは言い過ぎな気はしたが、マリは弁解もしなかった。

タカナシ・ハル。最近カローンに入って来たという少女。

当然、マリはほとんど面識がない。ほとんどと言った理由は、同じ空間に居合わせたことはあるからだ。

嫌いと言われて、ハルは少なからず気分を害したようだった。

「嫌い、ね。貴女《あなた》とはほとんど接したことがないから、嫌われる謂《いわ》れもないとは思うけど」

「……貴女《あなた》が、じゃありません。カローンにです」

思わず声も刺々《とげとげ》しくなってしまう。こんなのはただの八つ当たりだと分かっているのに。

「私はずっと先輩と一緒にいました。先輩をこんな——こんな姿にしたのはカローンです。だから……だから私はあの人たちが嫌いです」

「ああ。そういうことね」

しかしハルはどこ吹く風だ。いや、少しだけ嗤《わら》ったような気もした。

「つまり貴女《あなた》は、理不尽な現実から目を逸《そ》らしたくて、それを誰かのせいにしようとしているのね」

「……！」

「もし、どうしても誰かを責めたいというなら、それは私達でなく《勇者》であるべきよ。そのくらいのことは分かっているでしょう」

よく分かっているからこそ、マリは何も言えない。けれど謝るのもなんだか嫌だった。

そんなマリの様子を、

「少し意地悪を言ったわね。ごめんなさい」

先に謝られてしまって、立場を失《な》くしてしまった。

「貴女《あなた》の気持ちは皆理解してる。言わないだけでね……シノハラ中尉がカローンにいるのを貴女《あなた》がよく思ってなかったことも、知ってるから」

「まあ……別に隠してはいなかったですし」

寧《むし》ろ、隠さない方がいいと思った。そうすればカグヤの気が変わってくれるかもしれないから。結局その淡い期待は叶《かな》えられなかったが。

「だから貴女《あなた》が私達を嫌いになるのも仕方ないと思う。口には出さない方がいいけれどね」

懐《ふところ》が深いのか、単に他の人間に関心がないのか。摑《つか》みどころのない人だとマリは思った。

だが、悪い人ではないことも分かった。

「あの」マリは恐る恐る口に出す。

「タカナシ少尉は――いったい、何をしにここに来たんですか？」

「クロノスについて少し分かったことがあるから、それを伝えに来たの」

「クロノスについて……？」

マリもクロノスについては秘めていることがある。これ以上何かあるのかと身構えた。

「監査所の記録にね……技研《ぎけん》に関しての記録もあって。それが偶々《たまたま》見つかったの」

「技研《ぎけん》に関しての記録……!?　それがどうしたんですか？」

「クロノスの生成過程が分かった」

ハルはここで、少し逡巡《しゅんじゅん》した様子を見せる。言うことを迷っているというより、その言葉を口にする、それを恐れているかのように。

「研究長の死にも、関わってくることよ」

「え」思わず身を乗り出す。

「ど、どういうことですかそれは⁉　研究長が何か？」

「疑問に思っていたことがあって。研究長が死んだときにあったらしいクロノス。あれは、そもそも存在しなかったはずなの。けれど研究長が死んだときにはその場にあった――恐らく、研究長の死がトリガーになっているのだと思う」

あまりのことに。マリは口を無駄に開け閉めすることしか出来ない。

「それを――伝えるのですか？　カローンの人たちに」

「ええ。……問題が？」

「それを伝えて、カローンの人たちは、戦うのを止めるんじゃないでしょうか」

ハルは初めてこちらを見た。

「どういうこと？」

「だって、クロノスって、つまり人の死によって出来るものなんですよね？　もしそれを知ったら、カローンの人たちは武器を振るえなくなるかもしれない」

ハルはマリに視線を注いだまま、何も言わない。

表情がない分、何を考えているのか分からず、マリはだんだん居心地が悪くなる。

「だ、だからその、私は言わない方がいいんじゃないかと――」

「エザクラ准尉」一言。諫《いさ》めるような声だった。

「それは彼等《かれら》への冒瀆《ぼうとく》になるのではないかしら」

「冒瀆《ぼうとく》……？」

「カローンの皆はずっと戦ってきた。何を乗り越えても、ね。たったこれだけで戦えないなんていうほど、生易しい人たちじゃないと思う」

「ど、どうして――」マリは思わず立ち上がった。

「どうしてそんなことが分かるんですか!?　だって、もし……アズマ大尉が刀を振るえなくなったら……」

「もしそうなら、彼は元々隊長の器ではなかったというだけね」

冷たい――とマリは感じた。けれどその根底に、マリには測れない熱さがあるのも感じた。

言葉に詰まるマリに、ハルは見透かしたように言う。

「貴女《あなた》も、何かあるのね？　抱えているものが。貴女《あなた》が抱えているそれも、きっとカローンにとっては酷な事実なんでしょう？」

完全に見透かされていて悔しさを感じる。その通りなのだ。少なくともマリは、これがカローンにとってとても残酷な事実であるとそう思っている。

「貴女《あなた》がいったい、何を抱えているのか知らないし、それを伝えるかどうかも貴女《あなた》が決めることだけれど」

カグヤの寝息だけが響く医務室に、ハルは丁寧に声を染《し》み込ませていく。マリに届けようとしているのではなく、単に論を述べるかのように。

「彼等《かれら》には知る権利がある。私はそう思っている」

「知る権利……ですか」

マリはそこで思った。

ハルが伝えようとしていることは、確かにショッキングな話ではあるが、クリティカルなことではない。自分が秘密にしていれば、誰も傷付くことなどないのではないか。

けれどマリのなかにはまだ、燻《くすぶ》るものがある。伝えなくてはならないという気持ちも。

「で、でも――」

「それに、彼女ならどうするかしら」

そしてハルは、カグヤの方に顔を向けた。追ってマリも。

「シノハラ中尉なら、どうすると思う？　アズマ大尉を慮《おもんぱか》って、伝えないという選択肢を選ぶかしら」

言われて、マリはカグヤに思いを馳《は》せた。マリが知るカグヤの全てに。

(――伝える)

そして結果は、思ったよりもあっさりと出た。

カグヤはそんな甘えたようなことはしない。それでアズマが傷付き、カローンで戦えなくなったとしても。その時はその時ですから、と笑って言いそうだ。

悔しいけれど、カローンの面々は敬愛する先輩が信じた人々なのだ。

その先輩の選択が間違っていたとは思えない。

「……伝えます」

だからマリは心のままに、決意を固める。

「先輩ならきっと伝える。きっとカローンのことを思って……傷付くだろうから知らせないというのは、確かにそれは冒瀆《ぼうとく》です」

「そうね。それで、貴女《あなた》はどうするの？」

そんなマリに答えるように、ハルは見定めるような視線を向ける。マリはその視線を真っ向から受け入れた。

「私も——伝えます。彼等《かれら》にこれを」

「そ。なら、帰ってきたら伝えましょうか」

マリには見えなかったけれど、ハルが少しだけ笑ったような気配を感じた。

「私のこと、まだ嫌いかしら？」

「嫌いです」

それだけは変えられない。でも。

「でも、先輩が信じた人達ですから」

「ほんと、シノハラ中尉が大好きなのね」

洋画のように肩を竦《すく》めるハルを横目に、マリは覚悟を決める。今のカローンならきっと、この残酷を受け入れてくれるはずだ——と。

六　覚醒

戦闘が終了し、アズマは端末に連絡が来ていることに気付いた。

といっても一文だけだ。カグヤの医務室で待っている、とそれだけ。

ただの見舞いならわざわざこちらに連絡してくる必要もないので、何かわかったことがあるのだろう。そう断じて、急ぎ足で医務室に向かう。


「……エザクラ准尉？」

医務室に行けば、そこにはハルの他にマリもいた。

単に見舞いに来ていただけなのだろうが。マリは最近よく浮かべている暗い表情とは打って変わって、何か覚悟を決めたような顔をしていた。

だが、ハルと話す上で彼女の存在は少しばかり邪魔だ。

「悪いが外してもらうことは出来ないか？　タカナシと――」

「いえ、アズマ大尉。このままでいい」

ハルは形容しがたいような顔を浮かべていた。零《こぼ》した珈琲《コーヒー》を苦々しく見つめるような、そんな表情で。

「このままで——まあ、俺は良《い》いが」

それで、とハルに目線で促す。今医務室にいるのはハルとマリ、昏睡《こんすい》中のカグヤ、そしてコユキとリンドウもいた。

その数人の聴衆の前で、ハルはまるで何事もないかのように事実を伝える。

「クロノスの生成過程が分かった」

「……何？」

「監査所のデータベースにアクセスが出来てね。クロノスについてのデータも確認出来た。研究長の死はどうにも納得いかないことが多くてね——」

そしてハルはぽつぽつと語り始める。

クロノスは武器であり、人の血を浴びることで完成するということ。口封じの他に、研究長の死はそのためにあったということ——

「……罪深い武器ね」

コユキが吐き捨てるようにそう言った。

「つまり私達が使ってるクロノスも、誰かの血や死をもとにしているということでしょ」

武器は今、輸送車に置いていているため、医務室に持ち込んでいる者はいない。アズマは一瞬だけだが、刀に思いを馳《は》せた。研究長の殺害現場にあったという刀。あれは研究長の血を吸って。

しかし、アズマはさほど取り乱してはいなかった。

同じようなことはこれまで何度もあった。だから、もういちいち傷付いたりはしない。

「これは俺の考えだが。もうこの世にいない相手より、今生きている者を優先したいと俺は思ってる。申し訳ないが、遠慮して使わないという選択はないよ」

「……そう。それならいいけど」

ハルはそして、医務室の端の方に視線を向ける。

「私からの話はそれだけよ。あと、エザクラ准尉から何かあるみたいよ」

なんだと口には出さずにマリの方を見た。覚悟の中にどこか怯《おび》えが浮かんでいるような複雑な表情だった。

そんなマリは、少しだけ臆しながらも話しかけてくる。

「えっと、今の話にちょっと関連する――かもしれないんですけど。貴方《あなた》がたは何を知っても戦うことが出来ますか？」

「？　どういうことだ？」

「えっと――例えば、これ以上に残酷でどうしようもない何かが起こったとしても、どうしようもない事実が判明したとしても。それでも貴方《あなた》たちは、変わらず戦えるか、ということです」

「……その、どうしようもない事実というのは分からないが」

アズマはそんな彼女に淡々と言葉をぶつける。

「やることは変わらない。俺達が是としているのは、《勇者》を斃《たお》すこと――」

と言いかけて、アズマは思い直した。斃《たお》すだけならば心を乱されることもない。

「――だけじゃない、救うことだ。《勇者》を含めてこれ以上誰も死なないように」

「……分かりました。それで覚悟が決まりました。前に、研究長に教えられたことがあるんです……その、クロノスについて」

声だけが空気に染《し》み渡《わた》る。アズマたちはそれをただ黙って聞いている。

「研究長から聞きました。クロノスという武器は『意思を持つ武器』――それら、いや『彼等《かれら》』には意思が宿っているのだと」

「……意思？」

石、かと最初は思った。クロノスには岩石が混入しているのだと。

しかしそれだけならば、マリが勿体《もったい》ぶる必要もない。

「意識、とも言い換えられます」

「いしき……？」

それを聞いても、アズマは困惑するばかりだった。言っている意味が分からない。

意識とは人間に宿るもので、武器に宿るものではないはず。そもそも、どうやってそれを確かめたのか。

「彼等《かれら》には意識が残存しているんです。今もなお、外界を知覚しているんですよ」

「……？　つまり、どういうことだ？」

「つまり、ええと、閉じ込め症候群みたいなものです」

マリは何かを必死で思い出しながら説明する。

クロノスというのは、元になった人間の意識が封じ込められた武器であること。

そして、反動についても。反動とは彼等《かれら》の必死の抵抗なのだと。

絶句するアズマと、そしてリンドウとコユキ。

「それは――」アズマは、自分の口が渇くのを嫌でも感じる。

「それは、事実なのか？」

「はい。私が研究長の部屋に行ったときに分かって……」

言い訳するかのように何かと言葉を繋《つな》げるマリ。ただその場の誰も聞いてはいなかった。

「証拠はあるのか？」

「証拠、というほどではないですが。研究長の実験を私も見せてもらいました」

そしてマリは、自分が見たものを詳細に語る。崎ヶ谷《さきがや》裕二《ゆうじ》のことや、ストレス値反応。そして血のように赤い液体。

リンドウは不安な顔のまま、マリに言い放つ。

「悪いが受け入れることは出来ない。そんなのお前が勝手に言ってる憶測だろうが」

「確かにその通りです。私はリンドウさんのその主張に返す言葉を持っていません。……信じてください。……私がわざわざ、こんな嘘《うそ》を吐く必要なんてないんですから」

「っ、じゃあなんで伝えた」

リンドウの声音が、少し危ないものになった。野生の獣のような声。

「そんなの聞いても聞かなくても、何も変わらなかっただろうが。どうして俺達に伝えた⁉

何のために……」

「待て、リンドウ」

このままだとマリに襲いかかりそうだったので、一応手で制する。自分もどうにか息を整えて、マリに向き合う。

「……知覚する、ということは、痛覚もあるのか？」

「そ、そう聞いています」

「武器が痛みを感じる——って？」

コユキは疲れもあるからか、少し剣呑《けんのん》な態度だ。

「そんな突拍子もない話。信じられるわけないじゃない。いきなり何言い出してんのよ」

「う……そう、ですけど」

劣勢となったマリ。そんな彼女を援護するように。

「『許された』——」

と、ハルの呟《つぶや》きでその場の全員が彼女に視線を遣《や》る。

「『武器に許された』と、彼女は言った」

「彼女って。カグヤがか？」

首肯するハル。自分でも悩み考えながら言っているのだろう。

「もしクロノスに意思のようなものがあったなら、その表現も腑《ふ》に落ちる」

「で、でもそんなのカグヤが勝手に言っただけでしょ⁉　意思とか痛覚があるなんて馬鹿馬鹿しい。ただの武器じゃ――」

「生きた武器よ。貴方《あなた》たちだけが感じないクロノスの反動も、ひょっとしたら彼等《かれら》の意思表示だったのかもしれない」

意思表示。何の意思を。

「つまりは――使われたくないという意思を、よ」

その場の空気がしんと静まった。何か冷たくて静かなものに、上から押さえつけられているかのような。

「……じゃあなんで俺らは違うんだ」

憮然《ぶぜん》としたその声も少しだけ震えている。彼等《かれら》の使う、自由に振るっていたクロノスに、実は意識があったなどと――アズマとて認めたくない。

武器庫に雑に入れっぱなしの刀に少しだけ思考を向ける。あの刀の中にも誰かがいるのか。

そして研究長の死を、見ていたのか？

「俺らはそんなのを感じたことはねぇよ。そりゃ、銃とか撃つときは物理的な反動があるが、他のやつらが被《かぶ》ってるようなもんは……」

その声も、段々と尻すぼみになっていく。ここで強硬に主張することは、確かに虚《むな》しい。

「……だが、推測だろ？」

「推測だけれど辻褄《つじつま》が合う」

ハルはクロノスを扱ったことがないからか、淡々としている。

「貴方《あなた》たちが反動を受け付けないのは確か、六年前の《勇者》に適合したから――よね？」

「ああ。そう聞いている」

代表してアズマが答えた。カグヤに聞いたのだ。それも結局は推測の域を出なかったが、だからクロノスを扱えるのだという理論は、素人《しろうと》である彼にも納得のいくもののように思えた。

「貴方《あなた》たちの内部には六年前の《勇者》の因子がある。だから抵抗が出来なかった、あるいは、通じなかった」

「……どういうことだ？」

「理論は不明。だけれど、推定で意識があるとされる彼等《かれら》は人間を拒絶することは出来るけれど、《勇者》の因子が入っている者たちには敵《かな》わなかったのね。シノハラ中尉は《勇者》になりかけたことはあっても、因子が入っているわけではないから――」

「やめて」

コユキの小さな、悲鳴のような声に、ハルの考察は遮られる。

「化け物みたいな言い方しないで」

「……ごめんなさい」

気まずそうに目を逸《そ》らすハルに、誰も何も言わなかった。肯定は出来ず、しかし責めもしなかった。

沈み込みそうな空気を打ち払えるほどの話はアズマにも思いつきはしない。

あまりに突飛な話が続いたからだ。クロノスの中に《勇者》の意識があるというだけでも俄《にわか》には信じ難《がた》いというのに。

クロノスの「反動」が、その意識の必死の抵抗であるなど。

《勇者》の繁殖に適合した自分たちだけが、その抵抗が通じなかった、などと。

しん、と固い沈黙が降りる。

俄《にわか》には信じ難《がた》く、しかし嘘《うそ》である証拠もない。何よりマリがそのような嘘《うそ》を吐くはずもなく、研究長に至っては、そう、彼女は殺されているのだ。もしこれが突拍子もない、酔狂な妄想であれば、彼女がそんな目に遭うこともなかった。

「……クロノスに意識があって痛みもある。それが本当だとするなら」

零《こぼ》したのはリンドウだった。

《勇者》に精神が存在することと、何か関係あるのか？　……ないわけがない。そうだろ。こんな都合の良《い》い話はない」

「それは……」

マリは困ったように黙ってしまった。

思いもよらぬ問い、というより。それを想像はしていたけれど用意はしていなかった。そういう表情のように思えた。

「それは、わかりませんけど……」

「俺が思うに」アズマは話を引き継ぐ。

「研究長が殺されたのもそれが関係あるのだと思う。何か都合の悪いことを知ってしまったのだと、それ以外に考えられない。そしてそれが、今エザクラ准尉が話したことなんじゃないか」

「でもどうして」マリは考え込むように俯《うつむ》く。

「確かに、クロノスを使う戦闘員に知らせたくないのは分かりますけど、でもそれだけで、ここまでする必要が……」

「まだ何か、あるんだろうな。隠したい何かが」

否定する者は誰もいなかった。

・・・

他の者が解散したあとも、アズマはひとりでカグヤと相対していた。

相変わらず眠り姫のような彼女の喉にはやはり、《勇者》の卵。

聞き慣れたそれは、今度ははっきりと聞こえる。戦闘中に聞こえないのは、あくまでノイズに遮られているからで、能力自体が喪《うしな》われたわけではないからだ。

疲労で眠っている彼女の喉を、少しだけ戸惑って撫《な》でる。当然彼女は身動《みじろ》ぎもしない。

これ以上は流石《さすが》に倫理的にもとるので遠慮しておいた。

「これが……ただの疲労ならいいんだが」

精神にかかる負担が表出したものだと仮定しているが、本当のところは誰も分からない。

「……クロノスには、意識があるそうだ」

アズマはそう言って、カグヤから一歩離れる。

「クロノスを造るときは、人間一人分の血が必要らしい。笑えないな、まったく……」

あの刀はもう使いたくないと、アズマは思った。戦うのを止めるほどではないけれど、あれはもう望んで使用したいとはあまり思わない。

「貴女《あなた》は《勇者》と話が出来る。それなら、クロノスとはどうなんだろうか」

彼等《かれら》の声が、彼女には聞こえるのだろうか。

「貴女《あなた》が知ったらどう感じるだろうな。戦闘を止める訳にはいかないし……」

カグヤも数度、クロノスを使おうとしたことがある。知ればショックを受けるだろう。

屈《かが》み込んで彼女を覗《のぞ》く体勢から立ち上がった。そのとき、視界の左端に銀色の光がちらりと映る。

ピアスだった。妹の形見でもある、十字架型の。そういえばとアズマはピアスを外す。一日に一度、寝るときには外していたのだ。最近はそんな暇もあまりなかったから忘れていた。

なんとなしに胸のポケットに突っ込もうとする。

「あ」

カグヤの喉元に落ちてしまった。

ピアスは純銀製だが幸い大きな衝撃ではなかったらしく、カグヤは目も醒《さ》まさない。

すまない、と心中で謝りながら、アズマはピアスを拾い上げ、今度こそポケットに仕舞った。

誰も、なんの声も発さない。この医務室だけが、時間が止まっているかのようだった。

カグヤがもし目覚めたら。それをかつてコユキと話し合った。そのときにカグヤを止められるだろうか。

「いや。俺にはどうにも出来ないな……人の心を変えるのはそれほど大変だ」

背を向ける。既に脳内は《勇者》との戦闘に切り替わっていた。

医務室の引き戸の手前まで、アズマは振り返らずに移動した。引き戸を開け、ガラリと音がしたとき、背後で――衣擦《きぬず》れのような音がした。

「!?」アズマは勢いよく振り返る。まさか、また何か――

そこで彼は動きを止めた。

目に入ってきたものに、アズマは今まさに考えていた全てが吹き飛んだのだ。

「……カグ、ヤ」

シノハラ・カグヤが目を醒《さ》ましていた。

七　変容

——気付いたら、見知らぬ場所にいた。

白い天井。同じくらい白いベッドに、目に入るのはかけられた程度の薄い毛布。消毒液のような臭いが鼻を突く部屋には、藍翠《あいみどり》の制服を着た少年がいた。

（あれ……？）

目覚めた少女シノハラ・カグヤは、すぐに感じた違和感に首を傾《かし》げる。

なんだかとても楽しい場所にいた気がするのに。どうして今、こんなところに？

（どこ、だっけ。ここ……）

今度はゆっくり、しっかりとあたりを見回す。藍翠《あいみどり》の少年は啞然《あぜん》とこちらを見つめていた。

驚愕《きょうがく》の視線を浴びながら、カグヤはそれに応える術がない。

何せ起きたばかりで、思考の整理すら覚束《おぼつか》ないのだ。

まるで頭に靄《もや》がかかっているかのように。

やはりまだ寝ぼけているらしいと頭の片隅で思う。寝過ぎた日の朝のように、脳に血流がうまく回らない。

そんな中でも、カグヤはこちらを見る碧《あお》い瞳を真っ向から捉える。必死に思考を整理していると、その銀髪の少年が、恐る恐るこちらに話しかけてきた。

「……カグヤ？」

一瞬遅れて、彼女はそれが自分の名前であったことに気が付いた。

そしてこちらを呼んだ少年の名は。

「アズマ、さん？」

唇が別の生き物のように動く。アズマさんと自分で発して、ようやくカグヤは自分のおかれている状況に気が付いた。

ここは医務室だ。本部の医務室。

そして目の前にいるのは、同じカローンの仲間。アズマ・ユーリ。

少年の解像度が急激に上がり、カグヤの中で実体を結ぶ。記号的な姿から、戦場を共にした仲間達の姿へと。

「えと……いったいどうしたんですか？　そんな顔して」

「お――覚えてないのか？　自分がどうなったか」

何が――と言う前に、彼女は思い出そうとする。

最後の記憶は《勇者》と戦っていたときだ。そしてその後の昏睡《こんすい》。

以前にも倒れたことはあるし、また同じことになったのかもしれない。

そう片付けたカグヤは、何も言えないでいる彼へと精一杯の笑顔を向けた。

「カグヤ。……今が何日か分かるか？」

「はい？」

何日かと聞かれて頭を捻《ひね》る。確か七月の初めの方だったはず。五日くらいだっただろうか。

「七月五日？　でしょうか？　でも、どうしてそんなことを？」

カグヤが答えると、アズマは困ったように眉を顰《ひそ》める。

「カグヤ……」アズマに気遣わしげに声をかけられた。

「今は八月だ。八月の第一週。もうほとんど一か月経《た》ってる」

「え？」

そのたった一文が、カグヤには理解出来なかった。八月と言ったのか。

「はち——がつ？　え？」

「最後に何をしていたか覚えてるか？」

「さ、最後は、確か《勇者》と戦ってたはず……えっと、アズマさんがいつもみたいに《勇者》の動きを止めてくれて、その後私が《勇者》の精神に干渉して……」

ひとつひとつ思い出しながら挙げていったが、その続きが言えなくなった。精神に干渉した後の記憶がない。いや、正確にはある。

「……確か、暗闇の中に、入って……」

そのときの恐怖から一歩、後退《あとずさ》って。そこからの記憶がなかった。そこで意識を失ったらしい。そこから先の記憶がない。

それならば――その時の《勇者》はどうなった？

「あ、あれから私はどれだけ――⁉」

「貴女《あなた》はずっと、一か月間、その……まあ、意識を失っていた」

アズマはそして、語ってくれた。カグヤはこの一か月、昏睡《こんすい》状態に陥っていたということを。

（どうしてそんな……）

カグヤは、自分の精神や体調にそこまで大きな問題は発生していないと思っていた。ただ昏《こん》睡《すい》していただけでなく、そんな状態になっていたなんて。

「……ご心配をおかけしました」

「気にするな」と彼は言う。

「それより、どこか変なところはないか？　まだあまり身体《からだ》も動かせないだろうし」

大丈夫、という意味で首を横に振った。

身体《からだ》が動かせないのはその通りだ。しばらく筋肉を使っていなかったのだから当然だ。

「みんなは」と、カグヤは喉から声を絞り出す。この場にいないコユキやリンドウやハルが、
そしてマリと研究長が、何故《なぜ》だか恋しかった。

「みんなは、どこに」まで言ったときだ。医務室の引き戸が開き、「そういや言い忘れてたけど――」と話しながら、コユキが入ってきた。

「……え」

引き戸を半分まで開けたまま、コユキは硬直していた。分かりやすく驚いた様子の彼女に手を振る。

「……カグヤ⁉⁉」

響き渡るほどの大声が医務室を貫いて。それに驚く暇もなく、カローンの面々が駆けてきて。

ああ、とカグヤはほっと息を吐く。見慣れた彼等《かれら》の顔が、現実に戻って来たんだ——と彼女に自覚させた。

「あ、おはようございます、皆さ——」

「わあああん‼」

「⁉」

急に飛びつかれたので背中から思い切りベッドに突っ込んだ。

マリが、見たこともないくらい号泣しながらカグヤに抱き着いていた。マリは少し子供らしいところもあるが、ここまで短絡的な行動はしない子なので、カグヤは呆気《あっけ》にとられる。

「ど、どうしたのマリちゃん？」

「どうしたのじゃないですよ‼」

そして理不尽に叫ばれた。

「私……誰もいなくて、もう……」

「誰もいない？　って？」

助けを求めるようにアズマを見る。アズマははっとしたのか、無理にマリをカグヤから引き離す。大人しく従う彼女の目に涙が浮いているのをカグヤは見た。

そのマリと入れ替わるようにして、アズマがカグヤの前に出る。

「エザクラ准尉。カグヤは今起きたばかりだ」

「あ、そ、そうですね。すみません……」

そしてそっと離れていくマリ。名残惜しそうな彼女が完全に離れる前に、カグヤは尋ねる。

「マリちゃん、それより、一人ってどういうこと？」

「あ……」マリは失言したという風に口を押さえる。

居心地の悪い沈黙が場に流れる。何かおかしい。不自然な空気に、カグヤは妙な胸騒ぎを覚える。

この場にいるのはカローンの面々と、マリだ。一人足りない。彼女は人の心がない部分があるから、見舞いに来ないのは分かるが。

「あの。研究長はどこに？」

その言葉を発した瞬間――部屋の空気が凍った、気がした。

ただならぬ様子であることは分かった。研究長の名前を出した途端、何人かは視線をさ迷わせ、相対しているアズマは明らかに気まずそうな顔となる。

「実はな、カグヤ」

そしてアズマは気遣わしげに、発した言葉で悲劇が起こるのだと知っているように。

気まずい顔で語る。

「――研究長はもう……」


そこから聞いた話は、途中からほとんどカグヤの頭に入ってこなかった。研究長の死――しかも、クロノスの刀で喉を貫き、眉間にも穴が開いて亡《な》くなっていたという。

「そ、それって」と、カグヤはやっとのことで言葉を紡《つむ》ぐ。

「それって、どういうことですか。事故？　事件なんですか？　軍はどういう解釈を？」

「軍は、自殺と」

「そんなわけな……ッ！　ゴホッ……」

無理して声帯を動かそうとしたからか思い切りえずいた。

事故で二度も傷がつくわけがない。それに、喉と眉間のどちらを先に突いたとしても、二つ目の穴を開けられるほどの力が出るわけがない。

明らかに殺害事件。

呆然《ぼうぜん》として、涙すらも出なかった。まだ実感が湧いてこなかったのかもしれない――二年も共に過ごした上官がいなくなったことに。

「とりあえず」と、せき込むカグヤの背を摩《さす》るコユキに優しく声をかけられる。

「今聞くような話じゃないよ。リハビリとかも要るだろうし、ゆっくりやっていこう」

「そうだな……悪い」

気まずい顔のアズマ。弛緩《しかん》したような複雑な空気に包まれる医務室で、カグヤだけがまだ事態を上手《うま》く呑《の》み込めていない。

（……あ、そういえば）

気付いたことがあり、カグヤは喉を押さえながらメモにペンを走らせていく。

大事なことだ。自分がいない状態だったなら、《勇者》との戦い方は違うものになっていたに違いないから。

「ゆ――《勇者》との戦いは、どうでしたか？」

「……」

色々な意味にもとれるその一文を、アズマは的確に読み取った。顔色も変えず、雑談の延長のように一言。「元に戻った」と。

「貴女《あなた》が来る前の状態に――ただ《勇者》を斃《たお》すだけの日々に戻った。貴女《あなた》にとってはあまりいい報《しら》せではないだろうけど」

「そうですか」と、やはり彼女は残念そうな顔をした。

「いえ、すみません。仕方のないことですから」

それも確かに真実だったから、アズマは何もいうことが出来ない。

カグヤは俯《うつむ》く顔を上げる。そしてアズマに向かい軽く首を傾《かし》げた。

「……不思議ですね。アズマさんがそんな顔をするなんて」

「？　そうか？」

「だって、前は違ったじゃないですか。《勇者》はただの化け物だって」

「ああ……」

そういえばそんなことがあったなと、アズマも懐古的な気持ちだ。

「……まあ、影響されたんだろう」

「私に、ですか？」

「だったらどうした」

悪戯《いたずら》な目をするカグヤに、アズマはしっしっと手を振る。

「アズマさんも中々、可愛《かわい》いところがあるんですね」

「さっき起きたばかりだろう。よくわからんことを言ってないで寝てろ」

「いやいや、そういうわけにはいきません。一か月も寝てたんですよ。寧《むし》ろ早く起きないと、とすら思ってます」

その様子にアズマはほんのりと不安を覚える。

「……無理しなくていいんだぞ」

「無理？　そんなのしてませんよ」

カグヤはいつもの通りに笑った。

「だって当然のことじゃないですか。私が《勇者》の中の子を助けようとしなかったこと、一度でもありますか？」

ない。アズマの知る限りでは。不可能だったときはあっても、やろうとしなかった時はない。

だからこそ不安だったのだ。

諦めを知らぬ者は、やがて壊れてしまう。取り返しがつかなくなるくらいに。

八　軋轢

「精密検査では問題なし。筋肉の衰えはあるけれど、それはじきに回復すると思う」

アズマの簡素な報告を受け、コユキは何故《なぜ》だか少し情けない気分になる。

目覚めたあとのカグヤは、目覚める前とほとんど何も変わっていなかった。

「二週間だそうです」と、カグヤは伝えられた己の状態について語る。

「しばらく休んでリハビリした方がいいって。その期間がだいたい二週間」

「ふーん……」コユキはそれを、なんだか複雑な気分で聞いていた。

「結構、短いんだね。もうちょっと長くてもいいんじゃないの？」

「そうですか？　寧《むし》ろ長いくらいだと思うんですが」

「あのねぇ。一か月寝てたんだよ？　しかもただの過労とかじゃなくて《勇者》絡《がら》みの案件だし。たった二週間の休養で間に合うわけがないじゃない」

そうですかねぇ、とカグヤは呑気《のんき》に首を傾《かし》げる。カグヤからすれば、二週間は充分に長いからだ。

「逆にさぁカグヤ、私がそうなったらどう思うよ。一か月昏睡《こんすい》してて、そんで二週間しか療養期間がないなんて……」

「ん……それはちょっと厭《いや》ですね」

「でしょ？　そういうことだよ。私もね、カグヤに無理はしてほしくないの」

そしてすっと、左手にある椅子に座る。

「それにねカグヤ、アズマとも話し合ったんだけどさ……って聞いてる？」

カグヤは下段ベッドを一目見て、何かの紙をつまみ上げていた。

書類だ。レポートファイルから一枚引き抜いてきたようなものだ。

「あ、私、なんでここに……」と呟《つぶや》いている。

「それ何？」

「え、あ、いや。な、なんでもないです……」

「……ふうん？」

コユキは軽い音を立てて椅子から立ち上がった。そしてカグヤが持つ書類を、彼女の前から覗《のぞ》き込む。

「書類？　これ……誰かの報告書？」

逆側から見ただけだが、そのフォーマットや内容は誰かの身体《からだ》に関する報告書のように思えた。二種類の筆跡があり、片方はカグヤ。片方はよく見ると、アズマのものだ。

「これ……アズマの？」

「……ええ、そうです」

カグヤは観念したようにコユキに紙を手渡してくる。

それはやはり誰かの身体《しんたい》報告書だった。

アズマの筆跡で書かれた報告書。カグヤの筆跡は注釈のような記述。一見何ともない、わざわざ取っておく必要もないものである。

そこにある文字を読んで、コユキは更に首を傾《かし》げる。

「脈拍の上昇、体温の上昇、発汗、赤面、ねえ……それもカグヤが視界に入った時限定？」

不調――といっていいのかは微妙だが、随分と限定的だ。

「カグヤはこれ、なんで取ってあるの？」

「あー……えっと、自分でも分からなくて……」

「カグヤが？　分からないものをそのままにしておくのは好きじゃないのに」

「う……そ、そうですけど……」

カグヤは何故《なぜ》か顔を少し赤らめてそっぽを向く。

「その、ほら、ちょっと不自然だったたし……ほら、アズマさんの自律神経に何か変なこと起きてても嫌ですし」

「ふーん？　でもこれだけ見たらさ――アズマがカグヤを見たときに、めっちゃドキドキしてるってことになるよ？」

その時点でコユキには一つの可能性が浮かんでいた。というか、ほぼ確信を得られる事実でもある。

「それってどういうことか分かる？　カグヤ」

「い、いえ……何があるんですか？　教えてください、コユキ」

「教えてくださいと言われるとなぁ」

改めて説明するのは野暮な気もする。それに少し気恥ずかしいのも本当だ。コユキも経験がない訳ではないが、わざわざ口に出すとなると口ごもる。

しかし言わなければカグヤは恐らく一生気付かないだろうから。少しだけ、後押しが要る。

「……カグヤさ、恋って知ってる？」

「は？」

完全に予想外だったのか、カグヤは聞いたこともない声を上げた。

「『こい』？　なんの『こい』ですか？」

「何ってこの『恋』だよ」

そしてコユキは、カグヤからそっと紙を取り上げ、机の上にあったペンで書きつける。

「恋」と。

「要するに恋愛ってこと」

「恋愛って……まあ概念は知ってますけど。何故《なぜ》今それを……？」

「今しか出来ない話だからよ。今こそしなきゃならない話、ともいえるかな」

そして彼女の顔を覗《のぞ》き込む。コユキから見ても充分に整っている、しかし本人には一ミリたりとも自覚のないその顔を。

「カグヤはないの？　そう感じたこと」

「そんな、まさか」

カグヤはそれこそ呆《あき》れたように笑った。何か冗談を言われたときのように。

「そもそも恋愛感情なんてのは一時的な脳のバグでしかないんですよ。その証拠に、最大でも三年しか持ちません。これはですね、スムーズな繁殖を行ったあと次世代がある程度育つための時期を見据えて……」

「でも多分アズマはカグヤのこと好きだよ」

「……はい？」

「脈拍の上昇、体温の上昇、発汗、赤面。めっちゃドキドキしてるじゃん。しかも『カグヤが視界に入った時』限定で」

たっぷり数秒。カグヤは考えた後、

「そ、それが恋愛感情、ってことですか？」

「そ。理解が早くて助かるよ。最初っから全部説明しなきゃいけないところだった」

「いや、でもそんなわけ……あれは後遺症です、それか不整脈。あるいは自律神経──」

「ンなわけないでしょ」

ふざけたことを言うのであっさりと斬って捨てる。

「カグヤの姿を見るたびにドキドキする後遺症って何よ。そんなわけわからんのが《勇者》化の後遺症なんてやってられないっての」

「わ、わけわからなくは……」

「まあ誰かが言わなきゃ一生気付かないだろうしね。アズマには悪いけど」

アズマがカグヤに抱く感情はもはや周知の事実だ。誰も口にしないだけで。ハルですら気付いているらしいのだから、案外ザルである。

それなのに当人には一ミリも伝わっていないのだ。おまけにアズマ自身、自覚がないのである。誰かが手助けしなければ一生何も起こらないのは確かだ。

「す、すき、なんですか、アズマさんが……」

「まあそれは本人にしかわかんないけどね。聞いてみたら？」

「え、それは」

カグヤは今日何度目かの「それは」を発した。

「嫌ですよ、ち、違ったらいい辱《はずかし》めじゃないですか」

「じゃカグヤはどうなの？」

少し揶揄《からか》ってやることにした。

「アズマのこと。どう思ってるの？　ただの仲間のひとり？　友達のように見えてる？　それとも――恋、かな」

カグヤはこういった話には慣れていないのだろう。ひとりで何か考え込んでいる。不慣れだと感じた。こういったことは考えれば考えるほど沼に嵌《は》まっていくのだ。

「恋じゃないと思いますけどね……」

そしてカグヤは、書類を机の引き出しの中に丁寧に仕舞う。

「単に不調なだけだと思うんですけど」

「それはカグヤにしか分からないこと。自分の気持ち、向き合ってみた方がいいよ」

「私の気持ち……」

「カグヤは今まで、そういう時間取ってなさそうだったからさ。ただでさえ色々大変なことばかり起こってるんだから、休むのも大切だと思うよ？」

結局は元の話題に戻る。

一か月昏睡《こんすい》した場合、リハビリには本来二か月必要なのだそうだ。二週間では日常生活を送るのが精いっぱいだという。

「休むのが大切なのは、それは分かってます」

カグヤはそして、ベッドの暗がりにもぐりこんでしまった。

「マリちゃんから聞いて、クロノスについても知りました。あんなことになっていたなんて。……驚きです」

「うん、……そうだね」

カグヤの顔は下段ベッドの暗がりに隠れて、そこだけが何故《なぜ》か判別出来ない。当然ながら椅子の高さは、下段ベッドより高いところにある。だから少しでも隠れられるとその顔に闇がかかったようになるのだ。まるで《勇者》のようだと一瞬考えて、コユキはその思考を振り払う。

「確たる証拠があるわけではないですが、研究長が言っていたのならそれは事実だと思います」

研究長に全幅の信頼を置いているらしいカグヤのその声に迷いはなかった。

「コユキは」と、カグヤが顔を上げた。

「コユキは、これからどうするんですか？　クロノスに『意識』があると暫定した今」

「まだ決めてない」コユキは素直に本当のことを言った。

「《勇者》を斃《たお》すにはクロノスを使わなきゃならない。どうしても……最低でも一回は使わなきゃならない」

ハルから聞いた話では。

クロノスを使えない者たちは、他の武器でどうにか間に合わせているのだという。爆弾を使い囮《おとり》を使い、動きを止めて確実に仕留められると確信した時のみ、クロノスを使うのだと。

「迷ってる、んですか？」

「そりゃあ迷うよ――」

コユキたちはあの後、マリにクロノスについての話を詳しく聞いた。

ミライ少佐が回収した情報端末にはそれについてのレポートもバックアップされていて、それを読んだのだ。正直コユキにはよく分からなかったが、マリが分かりやすく要約してくれた。

銃を――コユキが銃《クロノス》を使うたび、その体内では秒速250メートルの弾丸と、それに見合った熱と圧力が走り抜けて。弾丸が射出されるときの衝撃は、高度百メートルから落下した衝撃と同じほどのものだという。

ほんの数センチ人差し指を動かす、ただそれだけの動きでそこまでの苦痛を生み出すなんて。

コユキはまだ信じられなかった。

「――そりゃ、迷ったからって今までの戦闘の意味が変わるわけじゃないよ」

コユキには自負がある。多くの《勇者》を屠《ほふ》り、人々を救ってきたという自負が。

「でもこれからはさ……出来れば、あまり使いたくはない、よね」

「そうですね――」

カグヤも思う部分があったのか、目を伏せる。

「ということは、《勇者》との戦い方も変えていく必要がありますね」

「前にタカナシが言ってたようなやり方がいいのかもね。皆で追い込んで、最後のトドメだけクロノスでやるの」

辛《つら》そうな顔をしたカグヤに、畳みかける。

「アンタは嫌だろうけど、これしかやりようがないよ。《勇者》を放っておくことも出来ないでしょ」

そうですね、とカグヤは渋々といった風に俯《うつむ》いた。

クロノスの中にいる子に、同情でもしているのだろう。根本のところでは変わってないんだなと微笑《ほほえ》ましい気持ちになった。

「相変わらず優しいねカグヤは。私らには感じ取れないのに、そんな相手にも同情するなんて」

「それはそうですよ。だってこんなの、あまりに可哀想《かわいそう》じゃないですか」

「まあ、確かに、ですね……」

人間が《勇者》となり、斬り離された肉片をもとにクロノスが製作される。そしてそのクロノスには、元となった人間の意識がまだ存在する――

理想と安寧を求めて《勇者》となった少年少女は、最後には《女神》となるかクロノスになる、そのどちらかだ。理想などとは程遠い。

「聞いてて楽しい話じゃないのは確かだよ。これまで出会った《勇者》の中にもそういう子たちがいたんだろうし。私がいつも使ってたあの武器だって」

「コユキ。仕方ありませんよ、誰も知らなかったんですから。それにマリちゃんが研究長の言葉を覚えてなかったら、きっとずっと誰にも伝えられないままでした」

「……うん。そうだね」

カグヤの言うことの方が正しいと、コユキにも分かっていた。正しいというよりどうしようもないのだ。無知は罪だとまで言うほど自責的ではないが、けれど責任は感じていた。

特別編成小隊《カローン》にはクロノスの反動が存在しない。それはつまり、彼等《かれら》の必死の抵抗すら無下にしていたというわけで。そこまで考えて、コユキは思考を振り払う。

「……考えすぎ、なのかもね。誰も意図していなかったのは本当のことだし」

冷静に考えれば、コユキがそこまで考えてやる必要はない。

「それに、今まで通り《勇者》を斃《たお》していけば、同じ目に遭う子も少なくなるから。今まで通りやるしかないね」

「……いえ、多分それだけでは駄目です」

カグヤはしかし、コユキとは正反対の表情をしていた。思い詰めている。

「そこまで考えてやる必要はない」ことを、彼女はどこまでも追及する。心配になるほどに。

「それだけじゃ駄目って……？」

「クロノスは《勇者》から斬り離された肉片から生成されます。ということは逆に考えれば、それを防ぐことが出来ればいいんです」

「防ぐって……まあ、カグヤの言いたいことは分かるけどさ。そんなの無理だよ。それってつまり、攻撃しないで斃《たお》すってことでしょ？」

例えばアズマの斬撃が分かりやすい。アズマがどのような太刀筋を振るっても、それが刀である以上絶対に、斬れることは確実だ。どれだけ細心の注意を払っても。

「アズマは勿論《もちろん》だけど、私の銃やリンドウの攻撃だって多少は《勇者》の身体《からだ》にダメージ与えるんだからさ、無理だよ」

「いいえ、……理論上では可能ですよ。私が出ればいいんです。前やってたことと同じですよ——アズマさんやコユキやリンドウさんに先導してもらって、最短距離で向かえばいいんです。そうすればもう誰もクロノスなんかにはなりません」

「そりゃ……口で言うのは簡単だけどさ……」

首をもたげた不安は、コユキの意思では止まらない。止まれない。

「また、諦めないってそう言うの？」

「え？　ええまあ。それが私の——」

「誰もそんなの、求めてないのに？」

つい、責めるような言葉遣いになってしまう。

「……別に怒ってるわけじゃないよ。ただ、どうしてカグヤがそんなこと……」

「でも私はきっとそのためにここにいるんですから、諦めたくないと思うのは仕方ないことだと思うのです」

「ねえ、カグヤ」

気付いたら口に出していた。助けられている手前、今まで言えなかったことを。

「……私それ、好きじゃない」

「え？」

「諦めないっていうの。アンタの一番の美徳だけど、私は、ちょっと嫌になるときがあるよ」

諦めないという言葉は何よりも残酷だ。

それが美徳とされる故、逃れることが出来ない。

一度それを口にしてしまった者は、その言葉に囚《とら》われる。個人にはそれぞれの限界があって、それを見極めて退くのは当然なのに、ただそれだけでも「諦めない」という呪いに潰される。

「嫌、っていうのは語弊があったけど。でも、それを喜んでるわけじゃないよ、私は」

「それについては、確かに少し申し訳ないところがありました。ごめんね、コユキ」

思わぬ言葉だったので、コユキははっと顔を上げる。

分かってくれたのだろうか。

そんなコユキの淡い望みは――しかし、彼女の瞳を見た瞬間にまやかしだったと知る。カグヤの瞳は、変わっていなかった。コユキが初めて会ったそのときのままだ。だからこそコユキは手遅れだと直感してしまう。

「ねえ――」コユキはカグヤに詰め寄ろうとした。どうしても伝えたい言葉があった。

けれどカグヤは、それをするりとかわす。きっとコユキが次に言おうとしてる言葉を理解しているのだろう。

そのまま彼女は部屋の扉の方に向かった。その後ろ姿に思わず叫ぶ。

「カグヤ!!」

ここで止めないといけない。そんな強迫めいた思いが湧いてきていた。

「諦めろっていってるんじゃないの。アンタのそういうところ、好きだよ私は。でもこっちの気持ちにもなってよ……！　アンタが倒れる度に、私がどんな思いするか分かってるの？」

意表を突かれたような表情をしたカグヤに、コユキは、追い討ちのように重ねていく。

「この部屋はさ——ずっとサクラと二人で使って来た。サクラがいなくなって私とアンタの二人になったよね。私が二段ベッドの上で、カグヤが下でさ」

勢いのまま黙って頷《うなず》くカグヤを前に、言葉は止まらない。だってこの気持ちは、ずっと言いたかったことなのだ。

「二段ベッドのはしごを上る度に、私は下で寝てるアンタの様子を目にしてた。アズマよりずっと、私が一番近くで見てたし、分かってた」

カグヤが苦しんでいるのを誰よりも知っているのは自分だ。

そう言い切れる。戦闘前も後も毎日同じ部屋で過ごして、生活を共にしているのだ。コユキはカグヤが戦闘で無理をしたあとの状態もよく知っている。嫌というほど。

「私はね、だからアンタに気を許してもいいと思ったの」

初めはカグヤを認めていなかったコユキが、少しずつでも認めてもいいと思ったのは、そんな様子を見てきたからだ。「ほっとけない」と、彼女はそう思っていた。

「でも、今のアンタはさ――あのときとは違うと思う。《勇者》を純粋に救おうとしているんじゃない、サクラの――ううん、自分の言葉に縛られてるんだよ」

「ど……どういうことですか、それは」

「『諦めない』ことに囚《とら》われてる。アンタのいいところはそれだけじゃないのに。それをしなかったからといって、誰も失望なんてしないよ」

「囚《とら》われてなんていませんよ！　それに、皆さんがそれで失望しないことくらい分かってます。なにも尊敬されたくてやってるわけじゃないんですから」

「違う」

コユキは的確に見抜いていた。

カグヤとはまだ半年の付き合いにもならない。それでも聡《さと》い彼女は理解していた。アズマには分からない、それは、女同士だからこそ分かる勘のようなものだ。

「アンタはやっぱり、失望されたくないと思ってる。でもそれは私達の誰でもない。アンタ自身でしょう、カグヤ」

カグヤは周りが見えていない。いや、見ようとしない。

それで助かったことはある。アズマが《勇者》になりかけたときは、カグヤが来てくれたから助かったのだ。

だからこれについて、自分は何かを物申す権利はないと思っていた。

けれど義務はある。それは友達としての義務だ。

「一か月も昏睡《こんすい》してさ。次に《勇者》の精神内部に入ったら、もう目が覚めないかもしれないんだよ⁉　覚めたとしても、今度は二か月――ううん、年単位でかかるかもしれない。それでもいいの？」

カグヤは気圧《けお》されたまま、何の反応も出来ないようだった。

いい、とは言えないだろう。けれど否定の意も返せない。卑怯《ひきょう》な聞き方だとコユキも思った。

「……私は嫌だ」

絞り出すような声だった。カグヤにはきっと聞こえていない声量で。

「また目覚めないかもしれないなんて、嫌だよ」

不意に、涙がこぼれそうになった。

「この部屋に一人は……静かすぎるんだよ、カグヤ」

最後にそれだけを振り絞って、コユキは黙り込む。黙らなければ泣いてしまいそうだった。

「コユキ……」

気遣わしげに、声をかけられる。カグヤは部屋を出て行こうとするのをやめて、こちらに歩いてきた。思わず目を上げればそこには、コユキより少し高い、けれどサクラよりはまだ低い目線。美しい薄紫の。

そっと抱きしめられた。コユキはそれを拒否することも出来ず、ただ諾々と受け入れる。

その後に発せられる言葉を、コユキは何故《なぜ》か察することが出来た。だから言わないでほしい、とそっと願ったのに。

「――もう止まれないんです。……だから、ごめんね」

吐息のように呟《つぶや》かれたその言葉に、コユキは息を呑《の》んで、目を見開いて。けれどもやっぱり分かっていたから、泣かなかった。

カグヤはあっさりコユキを突き放し、再びくるりと振り向いて部屋を出て行ってしまう。

取り残されたコユキはその場に膝をついた。カグヤに理解してもらえなかったからではない。

理解しようともしてもらえなかったからだ。

九　暴露

次の戦闘があったのはその数日後であった。

その日の《勇者》は水の意匠を象《かたど》っていて、姿通り水を操る《勇者》だ。漫画の敵のような存在だが、実際に敵にしてみると大変やり辛《づら》い。プール教室の更衣室に現れた《勇者》のその傍《そば》には、赤い水着の帽子。

当然ながら水は斬れないし殴れない。基本的にコユキ頼りの戦闘だ。

「寒ッ……」

《勇者》は戦闘直後から、既に活性化した状態だった。プール教室の更衣室を徐々に水で満たしていく敵の生態は中々に苦労させられる。

水流の音が響くなか、ロッカーの上にどうにか陣取ったコユキ。水位は未《ま》だ膝程度のものだが、地味に体温を奪われていく。

液体の身体《からだ》の奥に、卵は視認出来る形で鎮座していた。わざわざ場所を探らなくても良いわかりやすさはありがたい。しかし逆を言えば、わざわざ隠す必要もないということだ。

アズマは黙って抜刀する。ほどよく手に馴染《なじ》んできた柄《つか》をしっかりと握り、鞘《さや》に当てるようにしてすらりと音も立てず。この動作だけでも相当な苦痛であることを、アズマは知っている。

だからといって躊躇《ちゅうちょ》するほど、アズマは弱くはなかった。

「コユキ、どうだ？　何発でいける？」

『十発撃ってどうにか届くってところかな……結構粘度が高いから』

コユキは先程一発撃ち込んでいた。液体の粘度を確認するためだ。シュン、と軽い音で液体の身体《からだ》に浸入した弾は、数センチほどで止まっていた。

「粘度が高いということは」

隊長のくせに特攻役をしているアズマは片脚を一歩前に出す。

「回復も遅いということだ。射線は俺が確保する。斬り開いた先を撃てよ」

『別にいいけど、当たんないでよ。弾数にも限りがあるんだから』

冷たいことを言ってくれるコユキの陣取る方を意識しつつ、アズマはほんの数歩で《勇者》に近付く。その勢いのまま、最小限の動きで《勇者》の身体《からだ》を一閃《いっせん》した。

ぱくり、と開いた。血も流れない。悲鳴もない。スライムを斬ったかのような手応えだ。ほぼ同時に——切り口が閉じる前に銃撃音。背後からコユキが撃った弾はアズマの耳元を掠《かす》め、《勇者》の体内に埋没する。すかさずそこをアズマが切り裂き、裂傷を広げていく。

「随分深くまで来たな」

その繰り返しだ。

『うん。次で終わる』

そして素早く換装の音。金属が落ちてバシャンと水の音。後から手入れが大変だろうなと思いつつ、アズマは出来る限り深く斬り込み、そしてすぐに退避した。退避する寸前視界の端に映ったのは、構えるコユキの鋭い瞳。クロノスの形態が変わっており、室内で使用出来るうえに大きな衝撃を与えられるライフル。

凄《すさ》まじいであろう武器としての反動を逃がすために、コユキは少し身体《からだ》を起こしていた。だからアズマからは、コユキの指の動きがよく見えた——射撃。

それとほぼ同時に、バシュン！　と空気を裂く音とともに《勇者》の身体《からだ》に穴が開いた。その内側にあるのは《勇者》の卵。

カグヤは、今この場にはいなかった。

コユキとの間の話を知ったアズマは、最初、彼女を出動停止にしようとしていた。コユキからの陳情もあったし、いつまでも頼るわけにはいかないからだ。

だが、そんなアズマの心一つで事態を悪化させる可能性を放置しておくわけにはいかない。だから、基本近付かないという条件のもと出動を許可し、カグヤは少し離れたところに待機させている。

「コユキ、タイミングを合わせたい。あと何秒だ？」

だが、コユキからの返事はない。

「コユキ」強めに言い直し、相手ははっとしたようだ。

『ごめん。次は二・五秒後よ』

「分かった。……コユキ。気持ちは分かるが、今は――」

『分かってる。ごめん』

少し拗《す》ねたような謝罪に、アズマは聞こえないように小さくため息を吐く。

喧嘩《けんか》しているのは知っていたが――この場にはカグヤはいないのだから、そこまで気にすることもないだろうに。

閉じられた更衣室の中にいるのはアズマとコユキ、そしてリンドウだけだ。人選の基準はクロノスを扱えるかどうか。出現場所はプールの更衣室で、これまでのようなある程度開けた場所ではない。

(思ったより早く終わりそうだ)

再度斬り開き、アズマはその奥にある卵を視認。素早く回復し身体《からだ》にまとわりついてくる、粘性のある水の不快感に耐えながら、刀を振り抜いて卵を二つに切り裂いた。

手応えはあった。

これで終わりだ。この後はカグヤたちを回収して、戻って……と今後について考え、そして、気付いた。

――散らない。

《勇者》は崩れない。溶けもしない。壊れない。斃《たお》れない。

卵を壊しても死なないような新種の《勇者》ではないはずだ。生物がどのような進化を遂げても、心臓を貫いても生きているものなどいない。

しかしアズマは実際に卵を貫いた。

それでも生きている、その理由は。

「――擬態か!!」

ぱしゃりと音を立て、卵はそのまま崩れた。同時に《勇者》の身体《からだ》は消滅し、その体積に見合うほどの水流がその場に流れ出す。

「ということは本体は――」

本体は別の場所。恐らく――外だ。そこにはカグヤがいる。

扉を開こうとするも、水圧で開けることが出来ない。アズマは水音の中叫ぶ。

「カグヤ!!」


「……ッ!!」

目の前に存在するものに、カグヤは硬直していた。

それは、更衣室の扉を閉めてすぐに出現した。岩で出来た人形のような姿の《勇者》。

「い、一度に二体……!?　それとも分身か何か……!?」

カグヤは必死に対峙《たいじ》している。相手は「岩」の姿をしていた。

岩の隙間は柔らかそうな肉が見えているが、カグヤではとても太刀打ち出来ない。小ぶりの銃で防戦一方を強いられている。

正直、目の前の敵が分身であろうとなかろうと関係ない。やることは同じだ。

戦闘にもなっていない戦闘をする。カグヤは銃一丁でどうにかしていたが、やはり実力差か、防戦一方を強いられていた。

「あ――」

そして気付けば目の前に迫っていた。《勇者》の腕が。岩で出来たそれが。逃げられない位置だった。

しかしカグヤはそれに絶望し、呆然《ぼうぜん》となったわけではない。

手にはクロノスの銃――

撃てる位置にいた。彼等《かれら》の精神世界に入れる場所に、カグヤはいた。そこに入れば、《勇者》を止められる場所にいた。

そしてカグヤはいつものように武器を構えた。何度も何度もやったように、《勇者》を撃ち抜こうとした。それなら、《勇者》の中の人をきっと――

「――え」

出来なかった。攻撃されたからではない。

どうしてか。足が動かない。手が——動かない。引鉄《ひきがね》を引くだけなのに。

「ど、どうして」

動かないのだ。《勇者》の能力のせいではない。今さっきまで問題なく動いていたのだから。

「シノハラ中尉‼」

誰かの叫ぶ声がする。《勇者》の腕が自分に迫る。このままでは命が危ない。

扉が開けられようとするのを視界の端で捉える。しかしこのままでは間に合わない。

誰かの助けなんて望めない。

「……ッ！」

眼前に迫る岩の腕。それをギリギリで避けて、《勇者》の腕に向かって引鉄《ひきがね》を引く。同時に

彼女の意識は、まるで吸い込まれるように「中」へと消えて行った。

十　嫌

「あ……」

辺りは一面、とても綺麗《きれい》な海辺だった。白い砂浜には誰もおらず、そこに波が規則的に寄せては返し、ざあという音を美しいほどに刻み鳴らしている。

上を見上げれば海と同じ色の快晴。雲はひとつもない。下手な画家が塗りたくったような均一な青が広がっていた。

ざり、と足に砂浜の感触。靴だと沈み込むから、少し躊躇《ためら》って彼女は靴を脱いだ。

やや躊躇《ためら》ったあと、カグヤは当てどもなく歩き出す。

この中に居るはずだ。《勇者》となった少年か、少女が。

少女だと思った。特に根拠はないけれど、この世界の情景や匂いがそれを表していた。

ざり、ざりと砂浜を踏みしめ、少し歩くと波の音が変わるところがあって、そこに人影があった。白く鍔《つば》の広い帽子を被《かぶ》り、同じ色のワンピースを纏《まと》って、一枚の絵の登場人物のように佇《たたず》んでいる。

やはり、少女だった。カグヤよりは少し若い。

「……今日は涼しいですね」

波の音が響く白砂浜で、彼女の隣に立つ。

彼女はなんの反応も示さなかった。まるで小石になったような気分で、カグヤは黙って立ち続ける。

彼女が振り返ったのは、潮が三度引いたときだった。今まさに気付いたように、彼女の視線はカグヤを捉える。

【涼しいですね】と、彼女はそう答えた。

【まるでこの世から温度が消えてしまったかのようです】

随分と詩的な表現をするのだなとカグヤは思った。

だが確かに、彼女の言葉も正鵠《せいこく》を射ている。寒いというわけではないが暖かいというわけでもなく、自分の感じ方でどうやら決まるようだった。藍翠《あいみどり》の制服を着たカグヤは、寄せては返すその海から冷たさを感じて、どこか寒い。

「貴女《あなた》は——ここで何をしているんですか？」

【見た通り、海を見ています】

どうしてただ海を見て突っ立っているのかというのを聞きたかったのだが。

海を見ているという彼女の視線を追った先にあるものを見て、カグヤは「ああ」と納得する。

結論からいえば、彼女が見ているのは海ではなく、その中で泳いでいる少年だった。その少女より幾分か年が若い。

「……幸せですか？　貴女《あなた》は」

【何――】

唐突な問いに、少女は訝《いぶか》しむような目を向けてくる。

カグヤはその視線に真っ向から目を合わせた。

【突然何？　そんなこと聞いてくるなんて……何かするつもりなの？】

「いいえ。ただ私は、貴女《あなた》のことを知りたいんです。貴女《あなた》が何を望んで……何に焦がれているのかを」

曖昧な言い回しに、少女は身体《からだ》ごとこちらを向く。

【じゃ何しに来たの？　というか、どうしてここに――】

「貴女《あなた》を止めにきました」

そして彼女は、まったくカグヤの想像通りの反応をした。カグヤが何を言っているのか分からないという様子だ。

【止めに、って何を？　えっと、……ここプライベートな場所だから、出来れば出て行ってくれると嬉《うれ》しいんだけど】

「プライベートであることは間違いないでしょうね。ここは貴女《あなた》の心の中なんですから」

【……どっちにしても、早く消えてくれる？　あの子がこっちに来る前に】

あの子と言われて海の方を見ると、異変を感じたらしい彼がこちらに来ていた。

あれが《女神》だろうか。そう思って目を向けて、カグヤは違和感に目を細める。少年は急いでこちらに向かってきていた。顔には焦燥の色が濃く出ている。

《女神》らしくはない姿だった。彼等《かれら》はいつも余裕の表情で、カグヤを食ったような態度ばかり取る。ちょうどそう、目の前の少女のように。

「――ああ、そっか」

そしてカグヤは唐突に気付いた。

「貴女《あなた》が《女神》なんですね」

楽しそうに一人で遊んでいる弟。彼こそがこの世界の主なのだろう。

少女は否定せず、ただ綺麗《きれい》な微笑《ほほえ》みをこちらに向けただけだった。その瞳の奥にやはり、蟲《むし》の影。

【邪魔をしないで】

《女神》がそう言ったのと、少年がこちらに駆けてきたのは同時だった。少年は明らかにカグヤに敵愾心《てきがいしん》を抱いている。

【分かるでしょう？　この子は幸せなのよ。他人の幸せを、貴女《あなた》が奪う権利はない】

「……そうかもしれませんね」

確かにその少年は、とても幸せそうに見えた。

であれば《女神》は姉役なのだろう。彼の人生には姉という存在が必要不可欠なものなのだ。

カグヤは思った。

それならばこのままにしてやるのも、ひとつの幸せなんじゃないだろうか。

けれどこうも思った。

それは自分が許さない、と。

「でも、私はそれが使命なのです。誰に何を思われても、私がどう思っていようと関係ありません」

【そうは見えないけれどね。そんな顔されたって説得力に欠ける】

人心を惑わす《女神》は、カグヤをまるで見透かすように言葉を紡《つむ》ぐ。

【まだここに居たいのだと、そういう顔をしているわ】

「……どういう顔ですかそれは」

【貴女《あなた》もここに残ったらどう？　辛《つら》いことなんて何もないわよ】

何を言っているんだ、とカグヤは思った。

「他人《プライベート》の心に居座る趣味はありませんよ――」

一見矛盾したようなことを言うカグヤに、《女神》の瞳はすっと冷えていく。貼り付けた笑みを浮かべる《女神》は、カグヤの内に燻《くすぶ》る何か、形のないものを見定めているかのようでもあった。

【そう。なら、どうするの？】

妖艶《ようえん》に問う。それにカグヤは、行動で応える。

「――だからこのようにします」

ばしゃん、と水の跳ねる音がした。

正確には、何か重いものが海に落ちる音だった。波が寄せた瞬間、カグヤが《女神》を突き飛ばして海に落としたのである。

しかしここは崖ではなく砂浜。《女神》は帽子を落としたが全身がずぶぬれになっただけで、怪我《けが》をしているわけでもない。それでも「姉」が害されたことを悟った少年は、カグヤに食って掛かる。

【何すんだよお前!!】

口の悪い彼にちらりと視線を遣った。少年の年齢は十にも満たないように思えた。しかしそれにしては不自然さがある。

カグヤは幼い子に接し慣れているわけではないが、どこか違うのだ。上手《うま》く言えないけれども、例えば身体《からだ》の使い方などがそうだ。

同じ現象に覚えがあった。

(ああ、これは、あの砂の時と一緒だ)

砂の《勇者》――最初に接したときは子供だったが、後に思春期の少年であることが明らかになった。彼は十年間、昏睡《こんすい》状態にあったのだ。

その類かもしれない。カグヤは腰を折って彼に目を合わせる。

「あなたは、いくつ、ですか？」

【……？】

不自然ともいえる問いに眉を顰《ひそ》めた彼が、答える直前。

ばしゃりと水音。《女神》が上がってきたのだ。しかしその身体《からだ》には水滴ひとつついていない。幻の海に突き落とされたかのように。

【姉ちゃん】と、少年は駆け寄った。《女神》は彼を抱き留め、まるで聖母のような美しい微《ほほ》笑《え》みを見せる。それが嘘《うそ》とは思えない、心底からの慈愛の視線を向けている。

少年はとても幸せそうだった。

カグヤはその幸せを壊すことに、何故《なぜ》か抵抗を覚えていた。

(それでも、わたしはやり遂げないといけない)

それがカグヤの役目であり、宿命なのだから。

敵意を一身に受けながらも、カグヤは諦められない。諦めないのでも、諦めたくないのでもなく。

「少し——話をしましょうか」

《女神》の邪魔は思った以上に頑《かたく》なであった。少年を連れ去ろうとするのはもちろん、同じように幻の海に突き落としてきたり、弟（仮）の前だということも気にせず面罵してきた。

少年は初めこそカグヤを敵視していたが、カグヤの異様な剣幕に段々と圧《お》されていった。何せこの《女神》は、少年の心に付け込んでいるだけなのだ。浅い幻しか見せられない。現実に生きているカグヤにはどうしても多少劣る。

「君は」と覗《のぞ》き込む。びくりと瞼《まぶた》が震え、彼は一歩後ずさった。

しかしすぐに体勢を立て直し、こちらに構える。右手に、海水が入った水鉄砲があって、彼はそれを向けてきた。その持ち方で分かった。

「殲滅軍《せんめつぐん》の方ですね」

引鉄《ひきがね》に当たる部分に指を当てていない。水鉄砲などいくら当たっても危険ではないのに。戦闘中でもない限り引鉄《ひきがね》に指をかけないのは常識だが、ただの子供がそんなものを知っているわけがない。知っていたとしても、そもそも水なのだからそんな必要もない。

無意識の中で沁《し》みついている動きなのだ。

そして未成年でこの動きが出来るのは、殲滅軍《せんめつぐん》に所属している者だけだろう。

【せん、めつぐん……？】

「ええ。私達の組織で、そして貴方《あなた》の組織でもある。人々から《勇者》を救うために設立された組織です。覚えはありませんか」

【そんなもの知らない！】少年は突然、駄々っ子のように叫び出す。

【僕は今日は姉ちゃんと一緒に遊んでるんだ！　なんだよそれ。これ以上僕を——】

「いいえ貴方《あなた》は」

カグヤは膝を折った。確信があった。

「覚えていますね。自分が誰で、何をしていたか。今自分が何者であるか。私のことも、一目で看破したのでしょう。その不安そうな顔は嘘《うそ》ではありませんが、理由は『姉』を害されたからではありませんね」

冷たく、容赦なく。

推測とはいえ逃げ道を許さない責め方だ。しかし理には適《かな》っていない。「それは勝手な推測だ」と一言いえばいいだけだからだ。だが、少年は反論もしてこなかった。

代わりに、波の音が大きくなっていく。まるで耳元で鳴っているかのように。

その波の音に混じる声があった。ガラスを引《ひ》っ掻《か》いているかのような音。

【ああああああああああ‼】

悲鳴だった。男の悲鳴だった。

そして風景が変わった。

血塗《ちまみ》れになった二人の人間の姿が、カグヤの目の前にあった。少年が少女を抱きかかえている。少女の方は既に手遅れのように見えた。

【忘れるわけないだろ】

少年の低い声は——青年に近いといっていい年齢になった彼は、カグヤの隣でその光景を眺めている。手を出さないのは、もう手遅れだと知っているからか。

【忘れられるわけがない。姉貴は《勇者》に殺されたんだ】

「ああ、……お姉さんなんですね」

少年はいつの間にか藍翠《あいみどり》の隊服を着ていた。さっとカグヤの格好を見た彼は、どこか疲れたように息を吐く。

【アンタもその服を着てるなら分かるだろ。この戦いは理不尽だ。いつ終わるかも分からない、それなのに報われもしない。こんなひどい戦い、一体なんのためにあるんだ？　何のために生きているんだ、俺達は。まるで逃げ場のない箱庭みたいだ——】

悲痛な訴えに、カグヤは答える術を持たなかった。

【アンタは覚えていてくれるか？　俺の絶望を】

「ええ。忘れませんよ。貴方《あなた》の死に様と生き様は、私の心に刻み付けます。私が覚えている限り、貴方《あなた》は化け物としては死なないから」

【……悪いな】

少年は確かに、少しだけ申し訳なさそうな表情をした。

【アンタがいてくれて助かった。俺は人間として死ねるから——】

「……そうです、ね」

不意に周囲の光景が全て消えた。ホワイトアウトしたような真っ白な中で、彼は諦めたように笑みを零《こぼ》す。

【忘れないでくれよ。俺らのことを】

その言葉に何か物悲しさを感じて。カグヤは困惑する。自分の中にある何かがまた削れたような、そんな気持ちがした。

そんなことも知らず。彼はまるで波が泡となって消えるように、はらはらと消滅していった。

・・・

「──グヤ！　カグヤ！」

どこか遠くから声が聞こえる。

半壊している建物を背景に、誰もがこちらを覗《のぞ》き込んでいた。アズマとコユキを筆頭に。

はっとカグヤは起き上がる。土の感触が掌《てのひら》をかすり、小石が少しだけ食い込んだ、その痛みで本格的に覚醒する。

辺りを見回した。目の前の彼等《かれら》に恐々と視線を向けた。温度と湿度を肌に感じた。その全てが、《勇者》の中に入る前と同じだということを確認し、ほっと安堵《あんど》する。また一か月も眠っていたわけではなかった。

「……大丈夫か？」

定型文ではなく本気で言っているのだろうということが分かる、優しい声だった。

同じ声と視線を、カグヤは何度も感じた。実際に口に出したのはアズマだけだが、皆同じことを思っているのが分かった。

大丈夫です、と言おうとした。そして難なく起き上がって、いつもみたいに笑顔で――

（あれ？　声が出ない）

大丈夫の「だ」を言おうとすると、何かが喉からせり上がってくるのだ。そのせり上がるものを堰《せ》き止《と》めようと口を閉じると、当たり前だが喋《しゃべ》れない。

「……カグヤ？」

黙ってしまったカグヤに、アズマは心配そうだ。自分は大丈夫なのだと、怪我《けが》もしていないし、と伝えなくてはならない。

「あ、」と、必死に声を絞り出す。

「大丈夫ですよ、わ、私は……」

何故《なぜ》だか言葉が上手《うま》く出てこなかった。喋《しゃべ》ろうとすると、喉元で堰《せ》き止《と》めていたものがあふれ出しそうになるのだ。

それでも声にしなければ伝わらない。苦労して言葉を紡《つむ》いだカグヤだが、相手が絶句しているのを見て首を傾《かし》げる。

身体《からだ》に怪我《けが》はないのにどうして、と思ったとき、頬を熱い何かがすっと流れ落ちた。

それが一筋の雫《しずく》であると知って、そこでようやく、カグヤは自分が泣いていることに気付いた。

十一　落涙

幸いなことに、人的被害は軽微で終わった。

アズマが到着したときには既に全てが終わっていた。《勇者》は目の前ではらはらと崩れ、あとはカグヤだけが残っていた。

アズマたちが一歩近づこうとしたそのときに、カグヤは目を開けた。大丈夫か、と尋ねたが彼女は黙りこくったままで、余計に心配になる。

少し苦労しつつも彼女は「大丈夫です」とそう言った。しかしアズマたちはもう、その言葉には傾注していなかった。彼女の——恐らく自覚などしていなかった彼女の涙を見て。


「落ち着いたか？」

「はい……すみません、急にこんな……子供みたいに」

「仕方ない。疲れているだろうしな」

隊舎の医務室のベッドに半ば強制的に寝かせられたカグヤは、上半身だけ起き上がって困ったように笑っている。

「疲れて……いるんですかね、私」

「そりゃあそうだろう。貴女《あなた》が目を醒《さ》ましてまだ一週間も経《た》っていない。昏睡《こんすい》してからは一か月と少しか」

たった数十日前なのに、まるで何年も昔のことのように思える。

「……先程の《勇者》はどんな奴《やつ》だったんだ？」と、聞いてみた。

「男性か、女性か。年齢はいくつか。どんな顔をしていたか。最期《さいご》に何を言っていたか。覚えてるか？」

「男性です。年齢は私より上、十八歳くらいだと思います。顔は――まあ、普通で。最後に言っていたのは、えっと……」

答えを聞きながらアズマは後悔していた。

アズマが精神世界でのことをカグヤに聞いたのは、彼女を追い詰めるためではない。多少なりとも楽になってほしかったからだ。しかしカグヤは言葉を続けるにつれ、段々と暗い顔になっていく。アズマからは、長い睫毛《まつげ》を伏せた彼女が苦し気に言葉を絞り出すのが見えていた。

「言っていたのは、忘れないでくれ、という言葉です。彼の絶望を――忘れないでくれと」

「……そいつは随分と残酷な言葉だ」

「残酷、ですか？」

「そうだな。残酷で傲慢で、卑怯《ひきょう》だよ」

本心から、彼はそう思った。

自分を忘れないでほしいだなんて、傲慢もいいところだ。もう死ぬからといって、人の心をそうやって縛るのは卑怯《ひきょう》でもある。

しかしそれを望み、受け入れているのもカグヤなのだが。

「で、どうするんだ。覚えていてやるのか？」

「当然ですよ。だってそのための私なんですから。……もう手遅れともいえる彼等《かれら》に干渉する理由は、人としての彼等《かれら》の最期《さいご》を忘れないためです」

「……本当にそうなのか？」

アズマの言葉に、カグヤは頭を上げた。

そのときに見た、何かが決壊する寸前のような顔。薄紫の瞳が、おそらく彼女も気付いていないうちに何かを訴えている。平静を装《よそお》っているが、そうではないことはすぐに分かった。

「本当に貴女《あなた》はそれを望んでいるのか。そうではないように――無理をしているように俺には思える」

「無理なんてしてないですよ」

カグヤは口を尖《とが》らせる。

「それに私は、《勇者》になった子たちを救うために、という理由で戦場《ここ》にいるんです。まあ最近は少し疲れてたんで休んでましたけど、こうやって対峙《たいじ》したらほっとくわけにいかないじゃないですか」

「そんな義理はないと俺は思うけどな」

立ち上がり、閉まっていたカーテンをシャッと開ける。突然射《さ》した日光に、カグヤは一瞬目を瞑《つぶ》り、眩《まぶ》しそうに手で影をつくる。

「ちょっと、アズマさん。カーテン開けるなら言って――」

「貴女《あなた》は自分を追い詰めすぎている」

窓の方に位置を移す。カグヤからは、自分は逆光で見えていないはずだ。わざわざその位置にしたのは、自分の顔を見られたくなかったからだ。

「今日の奴《やつ》もそうだが。今まで《勇者》になったのはすべて、貴女《あなた》とは関係ない者達だ。貴女《あなた》は彼等《かれら》のことをどれだけ知っている？　名前も生い立ちも知らないだろう」

「それはそうですけど……」

「カグヤ、貴女《あなた》のその善性はとても眩《まぶ》しい。充分に尊敬出来る姿だ。俺はいつもそう思っていたし、憧れてもいたよ」

「あ、憧れ、ですか……？」

「ああ。俺にはないものだから。《勇者》はただの化け物、それ以上でも以下でもない。そんな俺達の常識を変えてくれた貴女《あなた》を今でも誇りに思っているよ」

ずっと思っていたことを素直に、淡々と話す。こういうときに気持ちを偽ってはいけないと、彼は直感的に思っていた。

「な、なんかアズマさんらしくないですね……変なものでも拾って食べたんですか？」

「……拾ったものを食べるように見えるか？」

「見えるって言ったらどうします？」

「まあ、流石《さすが》に落ち込むな」

あはは、とカグヤは乾いたようなわざとらしい笑い声を上げる。

無理をしているのだと傍目《はため》からでも分かった。

「でも私、アズマさんのその意見には賛同出来ません。だって彼等《かれら》のことは、私しか知らないんですよ。私が覚えてなくてどうするんですか」

「もう少し自分を大事にしろと言ってるんだ。こういう言い方はなんだが、覚えていてやる必要なんてないだろう。だからといって誰かに褒められるわけでもないんだし」

正論だからか、むっと拗《す》ねたような顔のカグヤに、アズマは畳みかける。

「というか、何にそんなに意固地になってるんだ」

アズマには分からなかった。彼女が何に固執しているのか。何に囚《とら》われているのか。

それを少し考えて、しかし答えはすぐに出た。

「……サクラか」

カグヤはほんの一瞬瞳を揺らす。

何も言わなかった。図星だったのだなとアズマは直感する。

しかしきっと、それだけではない。それならば、カローンに入る以前から意気込んでいた理由にならない。もし理由があるとすればひとつ、だった。

「それとも兄のことか」

カグヤの前からいなくなった、――そして恐らく死んでしまった彼女の兄。

そしてこれも、図星だったのだろう。観念したようにすっと目を閉じた。

まるで罪を自覚した罪人のように。そんな彼女を見て、

アズマは唐突に理解した。

「許されたいのか？」

これは正義ではない。妄執でもない。自覚も理解もしていなかっただろうが、これは救済なのだ。カグヤ自身に対しての。

「許されたかったのか？　助けられなかったサクラに。《勇者》になった兄に。助けられなかった彼等《かれら》に」

それを理解して、アズマは、ようやくカグヤの自傷的な行為の意図が分かった。

「貴女《あなた》のそれは、救済なんだ。だが《勇者》に対してのものじゃない。七年前の、そして数か月前の貴女《あなた》への それだ。そうだろうカグヤ。貴女《あなた》が見ていたのは誰でもない。過去の自分自身の無力だったんだ」

「……わたしは……」

か細い声になり、カグヤはきゅっと口を結ぶ。言われて初めて気付いたように、薄紫の瞳には怯《おび》えの色が浮かんでいた。


核心を――根底にあったものを突かれて、カグヤは何も言えなくなってしまう。

カグヤの行動原理がサクラの言葉に依《よ》っているのは間違いない。迷ったとき、やめたいと思ったとき、いつも引き戻してくれたのはサクラの最期《さいご》の言葉だったのだ。

いつの間にか見ているところが変わっていたのも嘘《うそ》ではない。初めは純粋な気持ちで臨んでいたそれが、いつからか強迫観念のようなものに変わり、「やらなければならないのだ」と思い込むようになっていた。

それが自分の中で呪いになっていたのだと、カグヤは認めたくなかった。だってそうしたら、サクラの遺志さえも否定してしまうことになる。

「……私はただ、それが私の使命だと思って……」

「使命？　違うな」

今度は嘘《うそ》ではなく本当に、冷たい態度だ。

アズマは嗤《わら》った。カグヤの正義――いや、もう自覚している。

――妄執を。

「ただの自己満足だ。違うか？　俺は違わないと思っている」

「自己満足ってそんな言い方……」

「真実だ。こんな言い方は卑怯《ひきょう》だが、俺たちは誰も貴女《あなた》にそれを強いていない。しなかったからといって、誰も責めない。それなのになお貫こうとするそれは、正義なんかじゃない」

「……でも、反対もしませんでした」

責めるような声音になったのを自覚して、分かっていてカグヤは止まらない。

「しなくても誰も責めませんでした。けれど、それをすることになっても、少なくとも私が昏《こん》睡《すい》するまでは誰もそれに反対しなかった。そうなれば私は、行くしかない。嫌だったわけではありません。けれど今更、まるで私が分からず屋のように言うのは卑怯《ひきょう》だと思います」

アズマは分かりやすく言葉に詰まっていた。

「私の主張に、アズマさんだって甘えていたでしょう。私がそれほど危ういと思っていたのなら、どうして今まで何も――」

そこでカグヤは我に返る。我に返って気まずくなった。

アズマは少なくとも一度はそれに反対している。その反対を無理やり押し切ったのは自分なのに。

「あ、す、すみません私――そういうことを言いたかったのではなくて」

これではまるで駄々っ子だ。周囲の反応や意見など関係ない。自分の言動の責任は自分でとるべきなのだ。

「人のせいにしてしまったみたいで、ごめんなさ――」

「いや、貴女《あなた》の言う通りだ」

アズマは、カグヤの予想外の反応を見せる。

「悪かった。確かに俺たちは甘えていたし、卑怯《ひきょう》だったよ」

「アズマさん……」

素直に頭を下げられて、カグヤは逆に狼狽《うろた》えた。

「だがその上で言っておくが」と、しかしアズマは、譲らない。

「これ以上、傷付いていく姿を見たくない。それは他の奴《やつ》も同じはずだ。もしサクラの言葉に今なお囚《とら》われているというなら、」

ここでアズマはほんの一瞬、躊躇《ちゅうちょ》する。そういった様子を見せる。

「その言葉はもう忘れろ。義理堅く守ってやることもない」

「そ――そんな、出来ませんよそんなこと！　サクラは大事な仲間だし――」

「だがもう故人だ」

すっぱりとした言い方に、カグヤは心を乱される。

「俺だってサクラは今でも大事だし、忘れるつもりはない。だが、カグヤ、彼女はもう死んでいるんだ。言葉ひとつに振り回されるな。貴女《あなた》は自分の人生を生きるべきだ」

そんなの、とカグヤは小さく呟《つぶや》く。そんなのは卑怯《ひきょう》だ。

忘れていいわけがない。だって彼女はカグヤに託したのだから。

それにコユキだって——


「……アズマの言う通りだと思うよ」


医務室に後から入って来た影があった。

コユキだった。扉に寄りかかった状態のままだった彼女は、声をかけたあとにゆっくりと近付いてくる。窓の方にいるアズマと反対側の、カーテンの仕切りがある方に。

「サクラのことを忘れろっていうんじゃないよ。覚えてていいと思う。けど、過去のことにばかり振り回されて今のアンタが酷《ひど》い目に遭うのは見たくない」

アズマと、彼と似たようなことを言うコユキ。二人に挟まれて、カグヤは気持ちの逃げ場がなくなってしまった。

「今日はそれ以外に方法がなかったんだろうけど、今まで会った《勇者》のことだって、アンタが全部背負う必要がどこにあるのさ。もう——全部捨てちゃいなよ。サクラのことも含めて」

最後の一言に、カグヤは勿論《もちろん》アズマも頭を上げた。

「サクラのことも……？」

「忘れろってのは違うかな。言い換えるとね。サクラの死を自分だけのものにしないでほしいの。確かに直接見たのも会ったのもアンタしかいないけどさ」

コユキはそして、その場にしゃがみ込んだ。

目を合わせる。猫のような朱色の視線と、高貴な薄紫の視線が交錯する。

「でも、サクラは私達の仲間で、アンタもそうなの。一人で抱え込まないでよ」

この部屋に一人は、静かすぎる。

「あの時私が言ってたのは、そういうことだったんだよ、カグヤ」

言われて初めて、カグヤはようやく気が付いた。

コユキの言う通りだった。カグヤは彼等《かれら》の記憶を大切にしているように見えて、実はただ独占している自分に酔っているだけだった。

背負いたくないという気持ちは嘘《うそ》ではないけれど、「背負っている自分」を勝手に誇りに思っているだけだったのだ。

「エザクラ・マリもそうだったな」と、アズマが話に介入してくる。

「クロノスの真実について、彼女は話してくれた。きっと話すのは怖かったはずなのに。俺達のことを信頼したからだと」

「マリちゃんが……」

「どうも技研《ぎけん》出身は、抱え込みやすいところがあるようだな」

決して責めているのではない、困ったような微笑《ほほえ》みだった。

「研究長も、大事なことは誰にも言っていなかったようだし」

そういえばそうだったなあ、とカグヤも回顧する。若年に見合わない責任を負っていた彼女は、弱みを見せることが滅多になかった。いや——ほとんど皆無といってもよかった。彼女なりに抱え込んでいたのだろう。

ふと、窓際《まどぎわ》に視線を移す。赤い花が活《い》けられていた。カグヤと同じ髪の色で、しかし花の種類は薔薇《ばら》のように見えて釣り合いが悪い。

医務室に棘《とげ》のある薔薇《ばら》があるわけがないから別の花なのだろうが、そんな花を見つつ、カグヤはそっと口を開く。

「……ごめんなさい、コユキ。私ようやく分かりました」

自分が研究長と違ったのは、ちゃんと話が出来る相手がいるということだ。本当に引き返せなくなる前に、止めてくれる相手がいたというところだ。

「今までありがとう。心配してくれて」

コユキが少し目線を下げる。そして問うてきた。

「……今日の《勇者》は、どんな子だったの？」

諭されるような口調に促されるまま、カグヤはゆっくりと吐露していく。

岩の《勇者》の中にいた相手は元殲滅軍《せんめつぐん》の人間だった。彼の理想は綺麗《きれい》な砂浜。姉と呼ぶ少女。平和の象徴である鳩《はと》。戦いなんて嫌だったのだろう、自ら現実を捨てるほどには。

一度堰《せき》を切ったら止まらない。これまでに接してきた《勇者》のことも、カグヤは気付けば全て喋《しゃべ》っていた。

崎ヶ谷裕二《さきがやゆうじ》。荒川桜《アラカワサクラ》。アズマのことも。雪《ゆき》、鷹村真司《たかむらしんじ》、鈴芽《すずめ》。彼女がこれまで接した「中の人」は、総勢で五十二名にも及んでいた。その五十二名の名前も顔も最期《さいご》の言葉も、カグヤはすべて覚えていた。

「よくそんなに覚えてたな」と、感嘆の色を帯びたアズマの声。確かにそうだなと自分でも思った。五十人を超えるとなると、通常なら顔と名前を一致させるのも一苦労だ。

メモをしているわけではないのに、彼等《かれら》の最期《さいご》の言葉まですべて忘れていない。確かにこれは呪いかもしれないとカグヤは思った。

今日の《勇者》の中の人まで、すべてを話し終える。

——いや、全てではない。あと一人。

「……あと、兄さん」

《勇者》になってしまったという兄のことだ。

「ずっと、怖かったんです。兄さんは七年前、私が《勇者》になった時以来姿を見ていなかった」

勿論《もちろん》、探しはした。だが有力な情報は全くなかったのだ。そうするうちにいつしか、カグヤはある可能性が頭から拭えなくなってきていた。

それは、自分が兄を殺してしまったのではないか、ということ。

「私に愛想《あいそ》を尽かしただけならいいですよ。けれどもし……私が《勇者》となって、殺してしまっていたらどうしようって思っていました」

身勝手にも程があるが、自分が兄を殺したわけではないと、そう思いたかったのだ。

カローンの前では見ないふりをしていた感情が、とめどなく溢《あふ》れてくる。

溢《あふ》れたまま、それはぎりぎりで堰《せ》き止《と》められた。ただ自分の中では抑えきれなくて、カグヤは口を押さえる。こうしていないと何もかもこぼれ出てしまう気さえしていた。

気付けば医務室にはカグヤとアズマしかいなかった。

コユキはいつの間にか出て行ったらしい。

「……俺も外した方がいいか?」

「……え」

「泣きたいんだろう。顔と声でよく分かる」

決めつけるように言われてカグヤは反駁《はんばく》しようとした。しかし、そう言おうとして初めてカグヤは自覚した。

先ほどから感じていた妙な感情の昂《たかぶ》りの正体に。

彼女は泣きたかったのだ。

寂寥《せきりょう》、辛苦、嫌悪《けんお》、苦痛、重責、失望、後悔、恐怖。やがて自己に向けることとなったそのすべて。どれもが綯《な》い交《ま》ぜになってカグヤの胸を侵していた。自覚がなかったけれどそれは、少しずつ彼女を蝕《むしば》んでいて。そのことにようやく気が付いたのだ。

そして自覚してしまえば、あとは早かった。駄目だと思いつつもせり上がってくる何かを抑えきれない。アズマはそんな彼女を見かねて、見ないように顔を背けた。

「やはり外した方がいいな。落ち着いたら出てきて、」

「まってください」

きゅっと、彼の袖を摑《つか》む。

「ここにいてください」

アズマは戸惑ったようだった。カグヤに引かれた袖を無理に振り払うわけにもいかず、その場で固まっている。アズマとて分かってはいるだろう——泣くところを人に見られるのを好む者は少ない。ましてカグヤはその類ではない、というのも理解しているだろう。

そして、カグヤが他人に慰めを求めるタイプではないことも。

——だからこれは、信頼だ。

彼に、弱味を見せていいと思えるくらいに。

ややあって医務室に、息を詰めるような、それでいて堪えるような規則的な嗚咽《おえつ》が響く。

アズマはそれを慰めるでもなく発破をかけるでもなく、カグヤに袖を掴《つか》まれた状態で黙って突っ立っていた。ただそれだけのことが、今のカグヤにとってはこれ以上ない救いだった。


「落ち着いたか？」と、二度目の確認をする。

「は、はい……」

目が赤くなった彼女は、枕を抱えて恥ずかしそうに俯《うつむ》いている。

途中から枕を顔に押し付けたので、涙の跡がくっきりと残ってしまっていた。髪も少し乱れている。

「すみません、えっとその……涙が……」

「いや、大丈夫だ。洗濯すればいいから」

「それはそうなんですけど。その、勢い付いたとはいえハンカチ代わりにしちゃってすみません」

枕を押し付ける前、カグヤはあろうことかアズマの袖を使ったのである。

ひょっとしてこのために引き止められたのかなと思ったが、流石《さすが》にハンカチ扱いは自尊心が持たなかったのでそうでないことにした。

「それにしても安心したよ。貴女《あなた》がちゃんと泣いてくれて」

「え……泣き顔フェチなんですか？　意外とニッチなご趣味なんですね」

「違う」

特殊性癖扱いされては困る。

「カグヤは、俺達と会ってから一度も泣いたことがなかっただろう。《勇者》に同情して泣くことはあっても、自分のことで涙を流したところは覚えがない。サクラが死んだときも、研究長のときも。特に研究長は縁深い相手だろうに。兄のことについても」

「あ、そういえば……あっでも、悲しくなかったわけじゃないですよ？　ただ色々と考えるのに夢中で」

「それが抱えすぎだと言ってるんだけどな」

漏らしたのは苦笑だ。勿論《もちろん》、カグヤが考える義理などはないことだ。

「サクラが死んだあとは《勇者》のことで。今は研究長を殺した人間について。悩みは尽きないが……もっと俺達を頼れ。自分ばかり抱え込むのではなく、少しは信じろ」

「ええ。これからはそうしますよ」

カグヤの方も苦笑して答える。しつこいかとは少し思ったが、そのくらい言わないと彼女は納得してくれないかもしれないから。

だがカグヤも、一人ですべてを解決出来ると思っているわけではないだろう。特に今のこの、研究長の死をめぐる騒動は。

「今のこの状況に関しても——きっと私だけじゃどうにも出来ないものだろうし」

カグヤは天井を仰ぐ。

「いったい何が起こってるんでしょうね、私達に」

「色々なこと、だ。本当に色々。貴女《あなた》が来たときからずっと」

いやもっと前からだ。全てのきっかけは六年前。いや——もっと前。

三十年前から。ずっと。

だがしかし。最近、状況が変わってきているのも確かだった。

「……状況が変わったのは、きっと貴女《あなた》がいたからだ。クロノスに意識がある——この結論に研究長が辿《たど》り着《つ》いたのは、《勇者》に彼等《かれら》の世界があると分かったからだろう。まあ——だから殺されたわけだが」

「……何故《なぜ》でしょうか」

カグヤは顎に手をやって思案に耽《ふけ》る。

「研究長が知られて困ることを知ってしまったから殺されたというのは分かりました。ですが、どうしてそれを知られて困るのでしょうか」

と、彼女は薄紫の瞳を輝かせてそう言った。その瞳に、先程のような悲哀はなかった。

何故《なぜ》知られては困るのか——

自分で放った言葉だが、やはりカグヤは改めて思う。

クロノスを使う人物にこれが伝わったら、戦闘に支障が出るかもしれない。それは可能性としてあるだろう。だがそれならば何故《なぜ》技研《ぎけん》にすら伝わっていなかったのか。

「クロノスを扱わない誰かには伝わっていてもいい話です。カローンにだけ秘密にすればいい。なんなら技研《ぎけん》に伝わっていないのは不自然すぎます」

カグヤの胸に強く残るしこり。謎という名の、決して取り除かずにはいられないしこりが暴れ出そうとしている。

何故《なぜ》。

何故《なぜ》知られてはならなかったのか。

「クロノスには意識がある……《勇者》に精神の世界があるから……」

クロノスに意識があると分かれば、ショックを受ける者もいるだろう。

けれどこれだけではない。その更に先があるはずだ。その先に、重要な、何かが。

クロノスと《勇者》。どちらにも意識が存在し——

「……あ」

その時カグヤの、研究長ほどではなくとも優秀な頭脳は、最短距離で正解を弾《はじ》き出《だ》す。

答え合わせは出来ないが、それが正解だと確信出来るものだった。

「――逆だったんだ」

「逆?」

「《勇者》からクロノスが派生するんじゃない。クロノスのために《勇者》があったんです」

クロノスという存在に思いを馳《は》せた。意思が存在する武器が、同じく精神世界のある《勇者》の肉片から作り出される――のではない。クロノスを造るために、《勇者》が生まれた。

「クロノス……それは、その名の意味は」

「……時の神?」

「いえ、それは違うと思います。時に関連性がない。違う意味があるはず」

《勇者》の一部が偶々《たまたま》武器になったわけではない。最初から《勇者》とはそのためにめだけに造られたものだった。

「クロノスは人間の意思が存在する――いや、取り込んでいるんだ」

つまりそれは、その様子は。

カグヤは必死に記憶を手繰る。確かかつて、クロノスがそう呼ばれる所以《ゆえん》について調べていた。そのときは分からなかったが、集めた資料の中にこんな記述があった。

「クロノスとはギリシア神話の農耕の神……」

自分の子を食したとされる神。つまり、取り込んだのだ。その時は意味がわからなかったが、今ならばわかる――クロノスのその名は、武器の体現でもあった。

「だからどちらにも、意識があった。《勇者》にもクロノスにも」

当然だ。最初からそれを目的に造られているのだから。

意識のある武器を製作することを目的に、意識のある化け物を造り出す。理に適《かな》っている。少なくとも、「《勇者》に偶々《たまたま》精神世界が存在し、クロノスにも偶々《たまたま》意識がある」という理論よりはよほど。

「《勇者》はクロノスを造り出すために存在する。いや、こうも言い換えられます。クロノスを造るために、殲滅軍《せんめつぐん》によって造られたのだと」

今の今まで泣いていたことも忘れて、カグヤはベッドから素早く起き上がる。

「そして恐らく、研究長はそれに気付いたんだと思います。そう考えると見えるものはすべて違ってくる」

胸のしこりが少しずつ溶けていく。口に出せば出すほどに。

「あの写真に写る《勇者》が無害だった理由。それはもともと《勇者》が人間のために存在していたからですね。《勇者》は最初から私達の敵だった訳ではなかった」

「なら……何故《なぜ》」

と、アズマは当然の疑問を突き付けてくる。

「何故《なぜ》今こうなっているんだ……⁉　誰もが死に瀕《ひん》して……」

「何かが起こったのでしょう。取り返しのつかない何かが」

それは単なる設計上のミスかもしれないし、何かのアクシデントなのかもしれない。けれど《勇者》が有害な存在として暴走し出したことが、全ての始まりだったのだ。

「ということは——殲滅軍《せんめつぐん》は」

声が震えている。アズマの声が。

「自らの失敗を隠蔽するための組織ということなのか？　その『何か』を隠すための……」

「いえ。多分それだけではないと思います。単に隠蔽したいだけなら、失敗を伝えない理由にはならない」

権威のようなものは失墜するかもしれないが、殺さなくてはならないほど大きな秘密ではないはずだ。

だから他に、何か理由がある。

クロノスに意識があるという事実の、その先の、もっと奥に。

——ぴりり、と端末が鳴った。アズマの端末だ。

電話ではないようだった。着信音ではない。

「どうしました？　どなたからですか？」

「……タカナシだ」

「タカナシ少尉が？　いったいなんの用件で？」

カグヤの問いに、アズマは答えなかった。カグヤの方も、別にそこまで深掘りしたいわけではないから視線を外した。その時にアズマが呟《つぶや》いたのだ。

「……設計書」と。流石《さすが》に目を上げる。

「設計書？」

「タカナシがデータを送って来た。意図的にクラッシュさせられていたからその復元を頼んでいたんだ」

そしてアズマは、カグヤが願う前に、その写真を見せてくれる。写真を見てカグヤは、

「……そんな」

息を呑《の》んだ。

設計書であることは間違いなかった。しかしハルが知らせたかったのは、見せたかったのはそれではなかっただろう。

写真の下の方に確かに一単語、あった。「《勇者》」と。

設計書の中に、恐らく重要項目として存在していた。《勇者》という名が。その下に書かれている——というか参考資料のつもりで載せられているのだろう、その写真は。

「これが《勇者》の、最初の姿」

《勇者》とは世界を救い、無辜《むこ》の民を救うもの。その認識にぴったりな姿だった。

異形は異形だが、アニメの《勇者》の姿に似ていた。「最初の《勇者》がアニメの《勇者》に似ているから」という言説は間違いではなかったのだが、ここが出発点。

ようやく辿《たど》り着《つ》いた。これが《勇者》という名前の由来だ。

そして研究長は、今まさにカグヤが辿《たど》り着《つ》いた真実に、圧倒的に少ない情報で思い至ってしまったのだろう。

「これは……どういうことなんだ？　いったい」

困惑しているアズマの横、カグヤは有り得る可能性を考える。

明らかに人の手で造られている《勇者》。数々の違和感がある殲滅軍《せんめつぐん》の在り方。人を殺さなければならないほど秘密にしたかったということは。

今日遭遇した《勇者》の言葉がぱっと蘇《よみがえ》る。箱庭——

それは外から隔絶された箱。内部にいる者はその実情を理解出来ない。

それはまさに、今の殲滅軍《せんめつぐん》そのものではないか。隠されている謎、《勇者》について。そして実験場——使い潰すかのごとく使用される殲滅軍《せんめつぐん》の者達。

そのようになっている理由は。

「……箱庭、なんだ」

放心したかのようにカグヤは答えを出す。

「ここは——ただの、実験場だったんですね」

十二　欺瞞

「箱庭？　どういうことだ」

「最初から、存在しなかったんです。殲滅軍《せんめつぐん》なんてものは」

「はぁ……？」

「《勇者》を斃《たお》すための組織なんて最初から存在しなかった。この組織は、ただの実験場です」

今しがた浮かんだ仮説を、カグヤは咀嚼《そしゃく》するように確認していく。

彼等《かれら》の青春でもあった殲滅軍《せんめつぐん》のその、正体。

カグヤとて様々な経験をした。カローンに入り、アズマと対立し、サクラを喪《うしな》って。戦ううちに《勇者》の悲哀を一身に背負った。ハルと出会い、救いを求めない者もいるのだと知って、それでもなお救うことを決めた。

そんな殲滅軍《せんめつぐん》は本当は。

「クロノスという武器を完成させるための箱庭。全ての戦いはそのためにあった」

《勇者》という存在も。殲滅軍《せんめつぐん》の存在も。すべて。

《勇者》を斃《たお》すためというのは本当だったはずだ。

しかしその理由は、人類のためだけではなかった。彼等《かれら》自身《じしん》のためだった。

様々な思考が巡り、それはひとつに収束する。

「三十年前──《勇者》はクロノスを造るために殲滅軍《せんめつぐん》によって製作された。しかし二十五年前、それは失敗した。失敗して、この殲滅軍《せんめつぐん》はどうしたか。……当然、原因究明と対策を行うはずです。臨床研究の基本ともいえるプロセスですね」

そしてそれを、恐らく殲滅軍《せんめつぐん》は「正しく」行ったのだ。クロノスに対しての臨床研究、原因究明と対策。それが行われていた。

殲滅軍《せんめつぐん》という箱庭で。

たとえば、《勇者》との戦闘。今までに接したいくつもの《勇者》との戦闘は、その全てが貴重なデータだ。何故《なぜ》《勇者》が突然加害性と攻撃性を持ったのか。その原因は長い間究明され続けていた。

「そ、その──臨床研究というのは誰が？」

「それが第一技研《ぎけん》なのだと思います。六年前現れた《勇者》により全滅した──」

しかしこれはおそらく、少し違う。

偶々《たまたま》六年前の《勇者》が現れたところに、偶々《たまたま》第一技研《ぎけん》の人間が勢ぞろいしていた。そんなことが起こったわけがないのだ。六年前の《勇者》も、殲滅軍《せんめつぐん》が関わっている。

「ならば何故《なぜ》研究長は殺された？　それを引き継いでいたんだろう。殺す道理がない」

「きっと気付いてしまったのだと思います。不都合な真実、クロノスに意識があること、そしてこの組織の本当の目的に」

クロノスに意識が存在するという事実は、殲滅軍《せんめつぐん》にとっては不都合だったはずだ。殲滅軍《せんめつぐん》という箱庭の崩壊に繋《つな》がる。現に今、崩壊の兆《きざ》しを見せている。

二十五年もの間それが放っておかれたのは、そのような発想をする者がいなかったからだ。武器に意識や心があるかもしれないなどと、誰が思うだろうか。

しかし研究長はそれに気付いてしまった。

そして——研究長がその発想に至った理由は。

「……ああ、それが私……だったんですね」

カグヤによって《勇者》の精神世界が発見されてしまったからだ。

シノハラ・カグヤという異分子が、箱庭を崩した。

殲滅軍《せんめつぐん》にとってそれは大きな誤算だっただろう。カグヤを回収しなければと思うほどに。

しかしそれを上回る誤算が、真実を知るマリの存在だった。そして——マリから聞いた話によると——その真実をアズマ達に伝えたのは、カローンの意思が強かったからだ。

人を救うという強い意思が、箱庭の崩壊に繋《つな》がっている。なんとも皮肉な話。

「本当の目的——いったいなんだ、それは」

「クロノスの再開発。恐らく反動のない、完璧な。……研究長と同じだったんです。やろうとしていたことは」

ただ、やり方が違い過ぎただけで。そして目的も違っていた。

研究長は純粋過ぎる人だから、たまに狂気的に映るが、それでも人間のためという目的は一貫していた。だからこそカグヤは彼女についていったのである。

しかし殲滅軍《せんめつぐん》——もとい実験場——の目的は違う。そのために人を犠牲にすることをいとわない。そうまでして開発したいクロノスとはいったい？

「クロノスというのはいったい、なんなんだ……」

カグヤがちょうど考えていたことを、アズマは代弁してくれた。

「誰がなんのために、そんなものを」

「分かりません——いや、分かる必要もないのかもしれない。所詮三十年前の話だし、それに失敗しているんですから」

カグヤは考える。

再開発を目論《もくろ》む者たちにとって、カローンはどういう存在に見えただろうか。

唯一、武器の反動がない者達。それは彼等《かれら》にとっての理想であったはずだ。

だから彼等《かれら》は集められた。そして《勇者》との戦闘を強いられた。カローンの戦闘記録から得たデータの中には、カローンが飛び抜けて身体能力が高いこともあっただろう。しかし反動が起きない理由は、《勇者》と戦わせるだけでは究明出来なかったのかもしれない。

そこで技術供与だ。

《勇者》を人間に戻すという研究を行っているカグヤが突然カローンに移され、しかも現場に出ることが承認された理由が、きっとそれだった。

「けれどそこで、予想を裏切ることが起こってしまった」

それは、カグヤが《勇者》内部の精神世界を見つけてしまったことだ。アズマに聞いた話だと、カグヤが途中離脱するよう仕向けたのには誰かの思惑があったという。

それでも戻って来たカグヤを、改めてカローンから引き離すために派遣されたのがハルで。

それでも離れなかったカグヤに対し手立てがなくなったのと同時に、研究長がレポートを送ってしまった。そして研究長とカグヤは、連絡を取り合う仲だった。

（あの時私は出陣していた。帰ってきた後にその話が私に伝わる。そして——今のように）

箱庭に綻びが生じる。だから殺された。

（これで動きについては説明出来るけれど。きっと問題はそれだけじゃない）

「カグヤ」

アズマに声をかけられ、カグヤははっと我に返った。

「大丈夫か？」

「あ……すみません。ちょっと考えることが多くて」

「それはそうだ。クロノスや《勇者》もだが、殲滅軍《せんめつぐん》にも謎が多すぎる」

流暢《りゅうちょう》に。考える素振りも躊躇《ためら》う様子もないその口ぶりからは、彼がかねてから考えていたことだということが推察される。

「……あいつらは、いったい誰なんだろうな」

「あいつら？」

「俺が使っている刀や、コユキやリンドウが使っている武器。あの中にいるのは誰なのか……それが気になって」

「……ですね。あの銃も……」

カグヤが使っている銃にも、誰かの意識が封じられているのだ。

「コユキ達にもこれを……伝えていいのでしょうか」

「勿論《もちろん》だ。あいつらにはこれを知る義務と権利がある。貴女《あなた》が伝えなくても俺が伝えているよ」

カグヤもだが、カローンの面々は特に、殲滅軍《せんめつぐん》への思い入れは強いだろう。第一線で戦って来たのだから。

「こんなことで逃げ出すほど弱くはない。そうだろう？」

「ええ。勿論《もちろん》、そう思っています。……話をしましょう」

彼等《かれら》への信頼は既に揺るがない。これで彼等《かれら》が戦いを忌避するとしても、それはその時考えればいいことだ。

・・・

カグヤがそれを伝えたのは、ハルから連絡が来て数時間後のことだった。

何故《なぜ》わざわざ待っていたかというと、ハルにもこれを聞かせるべきだという意見が二人の間で一致したからだ。そのハルも戻り、広間で全員がそれを聞く。

殲滅軍《せんめつぐん》とは、《勇者》から精製される武器クロノスを研究し、改造するためだけにある実験場でしかなかったこと。

クロノスを造るために《勇者》が在り、最初は攻撃的ではなかったこと。トラブルによって《勇者》が暴走した――その尻拭いとデータ収集のために、殲滅軍《せんめつぐん》は存在したこと。

すべてを話し終えても、広間は静かなままだった。誰も、どのような言葉も発さなかった。

嫌な沈黙だ。互いに互いの考えていることが分かるからこそ、口を開けない。だが黙ったままそれぞれの部屋に帰るのも少し違う気がしていた。

アズマはカローンの隊長だ。口を開くとしたら彼である。

「皆」

静かな声が空気に染み渡《し》《わた》る。アズマの穏やかな、しかしどこか鋭い声に、その場の皆が振り向いた。

「……気持ちはよくわかる。俺もまだ受け止めきれていない」

殲滅軍《せんめつぐん》の真実を——ただの実験施設でしかなかったという真実を。

「だがやることは変わらない。そうだろう」

「そうだけどよ……」

リンドウは頭をガシガシと掻《か》き、悔しそうに溢《こぼ》す。

「……よく割り切れるなお前」

そして彼はアズマを睨《にら》んだ。

「今までの全部が、誰か知らねえやつの『研究』だって、お遊びだって知って、なんで平気でいられる？　サクラが《勇者》になったのも他の奴《やつ》らのことも全部、ただの実験材料にされてたってことだろ？」

その通りだからアズマも何も言うことが出来ない。

「平気なのかよお前⁉　こんなことがまかり通って……！」

「平気じゃない」

固い声だ。何かに対する怒りを無理やり押し殺しているような声だった。

その声に流石《さすが》に少し怯《おび》えたらしいリンドウ、その彼を無視して、アズマは大きなため息を吐く。情報の暴流だ。短期間で耳にするにはあまりにも性急過ぎた。

「やってらんない」

次に声を発したのはコユキだった。

「やってらんないよ、こんなの」

コユキにとって殲滅軍《せんめつぐん》とは、青春であり呪いだった。それしか知らぬが故、コユキは耐え切れなかったのだ。それが作り物であったということに。

ガタリと椅子を蹴るように立ち上がり、そのまま階段を駆け上っていく。どこに向かっているかは分かった。

自分の部屋の、二段ベッドの上段の、布団《ふとん》の中だ。

追わないカグヤを見て、アズマは少なからず驚いたようだった。

「いいのか？」

「いいんです」

カグヤは追わない。異常な真実を知り、きっと絶望の真っただ中にいる彼女を。

「カローンの面々は弱くない。それを教えてくれたのはアズマさんですよ」

「……そうだな」

背後ではリンドウとハルが何事か話し合っているのが聞こえる。

激情を抑え切れないリンドウをハルがどうにか宥《なだ》めようとしていた。そのハルの声も涙声になっていて、やっぱり泣きたいのだろう。彼女も。

ハルは一人で情報を探り、そして手に入れた。設計書の写真をアズマに送ったとき、彼女はどんな顔をしていたのだろうか。既に知っているはずの情報を再度聞くためにわざわざ帰ってきてくれた彼女は。

彼女もきっと、心中穏やかではないだろう。

代わりにカグヤの心は思ったよりも凪《な》いでいた。カローンほど激動ではなかったという理由もあるが、それ以上に、薄々と悟っていたという理由もあった。

殲滅軍《せんめつぐん》にうっすらと感じていた違和感。それが表出したというだけ。

だからといって、平気ではないけれど。

「……あ、でも……私、」

カグヤは少し逡巡《しゅんじゅん》した後、黙って部屋への階段を上がる。

先に部屋に入ったコユキを慰めてやるつもりではない。

カグヤも――カグヤだって、辛《つら》かったのだ。それを己が手で引きずり出し、目の前に突きつけると、どうしても何かが胸の奥からせり上がってくる。それを抑えて、

部屋の扉に手をかけようとしたとき。

中から出てきたのは少し目を腫らしたコユキだった。

「……あ」

「……」

ほんの数秒見つめ合った。

そして同時に、ふっと綻ぶ。綻びはやがて笑顔になり、そして和やかな空気となる。

先に口を開いたのはコユキだった。

「なに？　気にしてくれた？　それともアンタもまた泣きそう？」

「ち――違いますよ。えっとその、」

泣きそうになっていたなんて恥ずかしくて言えない。

「夕飯の献立なんだろうって思っただけです。献立表が部屋にあったので」

「分かってる。言ってみただけ。それに、わざわざ心配されるほど弱くないから」

簡単な挨拶のように交わされる言葉の応酬。遠慮の要らない関係にいつの間にかなっていた。

「はー……」

しかしまだ、すぐには切り替えられないのだろう。上を向く。涙を堪えているのだろう。

「ったく、まあ薄々思ってはいたけどさ。こうして突きつけられると、ね……」

「えっ、薄々思ってはいたのですか？」

「そりゃそうよ」と、コユキは顔を再びこちらに向けて、誤魔化すように笑う。

「だって変なこと多すぎるんだもの。クロノスも、《勇者》も……普通の組織じゃないなんてこと分かってた。だっておかしいじゃない、わざわざ世間から隠そうとするなんて。……分かって、考えないようにしてた」

考えたら、そして真相を知ってしまったら。全てが否定されることになってしまうから。

「この組織もひとつの『理想の世界』だったのかもね。カグヤ、アンタは、そのまやかしから私たちを連れ出すためにいたんだと思う」

「そんな……」

「変な意味じゃないよ。でも私はさ、何も知らない、見ない、考えないままいるよりも、何が起こってるかをちゃんと知りたい。それがどんな辛《つら》い現実でもね。だから——後悔はしてない」

コユキの言葉の通り。彼女は自然な笑顔をつくったあと、一転こちらを気遣うような表情をする。

「でもさ、カグヤは平気なの？　カグヤにとっても大事だったんでしょう？」

「……平気とは言い難《にく》いですね。兄さんもサクラも研究長も。皆いなくなってしまった。その理由がただのお遊びのようなものだったなんて、私だって信じたくありません」

だからといってカグヤは同情を誘うわけではない。

「でも、事実ですから」

揺るがぬ事実を、余計な感情なしにそのまま受け取るのが研究者であり、技研《ぎけん》の人間なのだ。

「マリちゃんも研究長も。私達技研《ぎけん》の人間は、ひとりで抱え込みやすいのです。限界まで抱えてやがて爆発してしまう」

だからマリの選択は正解だったのだ。研究長は最後まで誰かに託すことが出来なかったけど。

「今のアンタはどうなの？」

コユキはいつもと変わらぬ様子で尋ねる。

「ちゃんと周りを頼れてる？」

「……ええ」

本心だ。これは強がりじゃない。

「コユキ。私はもう、自分を蔑《ないがし》ろにして心配させるなんてことはしません。この部屋でコユキを一人になんてしませんよ」

「……よかった」

コユキは悪戯《いたずら》っぽく笑顔を作った。そこに無理やりやっているような印象はない。

「また泣くんじゃないかと思った」

「そんなことしませんよ。あんまり泣いても格好つきませんからね」

「この間めちゃくちゃ泣いてたのに？」

悪戯《いたずら》っぽい、少し涙も入った声で揶揄《やゆ》われ、カグヤははっと顔を赤らめる。

「え、なんで知ってるんですか⁉」

「アズマが言ってた」

「な――」当然だが意外だった返答に、カグヤは顔を赤くしたまま叫ぶ。

「そっ……普通それ人に言います⁉　こういうのって胸に仕舞っておくものじゃ……」

「あー……というか、私の方から聞き出した感じかな？　なんか袖汚れてたから。流石《さすが》にハンカチ代わりは堪えるって言ってたよ」

「ええ⁉　いや私そんなつもりは……」

たじたじとなったカグヤは、あっ、と会話から逃げるように背を向ける。

「こ、献立、やっぱり広間の方にあったみたいです」

そしてカグヤは再び階段を下りていった。広間に戻るために。


その途中――

アズマとすれ違った。そして、その瞳が少しだけ潤んでいるのをカグヤは見た。

アズマは気付いたはずだ。けれど見られたことに気付かなかったふりをして通り過ぎて行く。

そんな彼の強がりも、カグヤは敏感に感じ取っていた。心の裡《うち》も。

「……」

アズマに声をかけようとして、しかしやはりカグヤは止めておくことにした。

声をかけられなければ前を向けないほど、アズマは弱くはない。

辛《つら》い真実だけれど、彼は彼なりに折り合いをつけて、未来を考えられるのだろう。優しく声をかけてやらなければそんなことも出来ない者は、元から隊長の器ではないのだ。

「……さて、今日の夕飯は、と」

だからカグヤは何も言わない。

それが信頼というものである。

十三　約束

カローンがすべてを知った日から二日——

たった二日だ。

たった二日で、カローンは立ち直った。

それはカグヤから見ても驚異的な早さだった。自分の人生が誰かの実験台にされていたと知ったのである、殲滅軍《せんめつぐん》を抜けると言い出す者がいてもおかしくはなかったのに。

「まあ、考えても仕方ないからな」と、リンドウ。

「それにこっから出ても行くとこもないしなあ。まあそういう奴等《やつら》だけ集めたんだろうけど」

「まあ——それはそうかもしれませんね。身寄りがないからこそ、ここにいるわけで」

コユキもリンドウもハルも、勿論《もちろん》アズマも、喪《うしな》われた過去のことばかり考えてウジウジ悩みはしない。カグヤとしてはもう少し悩んでもバチは当たらないのではないかと思ったが、そこは彼等《かれら》の性格なのだろう。それとも、経験か。

「《勇者》被害の遺児を集めたのも、そういう理由もあったのかなぁ」

「きっとそうなんでしょうね——だって子供には見えるのだから、そういう志願者や何やらを募ってもよかったはずなのに、そうしなかった」

殲滅軍《せんめつぐん》の存在を公的なものにし、志願者を募る——ということも、選択肢としては存在したはずだ。それなのにしなかったのは、やはりここがただの実験場、言い換えれば遊技場だったからだろう。

「クロノスという武器は、よほど公表出来ないものだったみたいですね」

「そりゃーそうだろ。元々は人間なんだぜ。おまけに意識やら痛みがある。非人道的過ぎる」

それはその通りだ。

実際、殲滅軍《せんめつぐん》に所属している面々にしていることも充分非人道的である。

「でも、あの設計書？　よくそんなもの手に入れましたね。情報統括兵科のデータベースってそんなことまで載ってるんですね」

「載ってるわけないじゃない。人を殺してまで隠したかったことなのよ。シークレットファイルにだってなかったわ」

「え。ならどうやって……」

「それは秘密」

その瞳に宿る妖しい光を見て、ああ恐喝か何かしたのかなとカグヤは思った。

「凄《すご》いですね、そういうお願いも聞いてもらえるなんて」

恐喝出来るなんてすごいですね、という趣旨のことを聞いた。

「後々に響くのではないですか？　そういったことは」

「響いても大きな影響はないわ。それはきっと、すぐに分かると思う」

「……？」

「それにカローンを出動停止になんかさせられるわけがないし、殺したって今更遅いことは分かってるでしょう。無意味な殺しはしない――人を殺すって、相当な覚悟がいることだから」

一度は親しい人を殺そうとした、彼女だからこそ言えることだ。

「つまり、実質何も出来ないのと同じ、ってわけですか。強《したた》かですねえ」

褒めると、ハルのその瞳に少し楽しそうな色が帯びた。

「というかアズマ遅くない？　何してんの？」

コユキは広間の入口の方を見る。

昼食前だった。今日の当番はアズマだ。アズマの料理は不味《まず》くはないが、個性が感じられないことで評判（？）だ。教本に書かれたことをそのまま実践しているような味わいなのである。

それでも、ハルよりはマシだというのは全会一致であったが。

「あいつ、そんな起きるの遅かったっけ？」

時刻は既に十一時半。作る時間を考えれば、食べ終わる頃には十三時だ。

「仕方ないなぁ。じゃ誰かが代わりにやらないと――」

「私が代わりにやりましょうか」

ハルはいきなりこんなことを言った。

「ここに来てからまともに食事当番出来ていないし、こんな時くらい――」

「「「いや止めて（ろ）」」」

三人の声が揃《そろ》った。気持ちは同じだった。ハルの初の食事当番のときに、赤紫のシチューに似たものを見た衝撃は未《いま》だ強く残っている。

「あっ！　そ、そういえばカグヤはさ」

コユキが慌てて話を変えた。

「カグヤ、あれどうなったの？」

「あれ？　って？」

「ほら例の。身体《しんたい》記録。脈拍の」

カグヤの思考がここで一旦停止した。

まさか今ここでその話を出されるとは思ってもみなかった。

「何？　脈拍？」

リンドウが唯一戸惑っていたが、その問いは無視される。

「いやあれは――別にどうもなってませんよ。それにあれは、ただの後遺症だって……」

「はーっだからもうそういうのいいから」

コユキはこの手の話題が大好きらしい。

「いい加減決着つけたらどうなの！　アンタがアズマに興味《きょうみ》津々《しんしん》だってことは割れてるんだ

からね！」

「なっ……!?」

流石《さすが》に目を剝《む》く。興味津々《きょうみしんしん》なんて、そんなつもりは一切なかったのに。

「ご、誤解ですよ。そりゃまあ、アズマさんはちょっと特殊な事情があったとはいえ……」

「でも、私からもそう見える気がするわ」

ハルがまた余計なところで余計な口出しをしてくる。

「貴方《あなた》はどう思う？」

そしてあろうことかリンドウに振った。

蚊帳《かや》の外だった彼は、急に巻き込まれてやはり戸惑っている。

「ま、まあ……嫌ってはないよな。前ほど苦手にしてる感じもないし」

「そりゃそうですよ。だってもう何か月も一緒にいるんですから。友愛ですよ友愛。あと、仲間への情みたいなそういうのです。決してですね、色恋やら恋愛やらそういった浮かれたものではなく」

「へえ？　誰も恋愛だなんて言ってないけど？」

そこでカグヤは、自分があまりに愚かな墓穴を掘ったことに気付いた。

「なるほどつまり、多少自覚はあったってわけね」

「……今のは卑怯《ひきょう》じゃないですか？」

糾弾こそすれ、カグヤは否定しなかった。

もうそれで答えを言ったようなものである。

「でもっいいですか、私はまだ興味を抱いているだけですからね！」

と、カグヤは立ち上がる。照れ隠しのためだ。なんだか気恥ずかしい空気を誤魔化すように。

そのまま彼女は、敢《あ》えて滑稽を演じるかのように大きめの声を上げる。

「だから別に、アズマさんのことが色恋の意味で好きというわけじゃ――」

ガチャリ、と。

絶妙なタイミングで――カグヤにとっては最悪のそれで――広間の扉が開いた。そこから現れるのは、眠そうな顔のアズマ。

「悪い、遅くなった。今から作――」

そしてアズマは、カグヤの謎の態度に目を瞬《しばたた》かせる。

「何をしてるんだ？　カグヤ」

「別に何もしてません。立ち上がっただけです」

アズマはなんだか可愛《かわい》らしく首を傾《かし》げる。

「立ち上がるのが好きなのか？」

「あ、いえ、別に」

意味不明な主張をする彼女の前に、アズマはとんでもない爆弾発言。

「じゃあ、『好き』と、扉の向こうから聞こえた気がするのはなんだったんだ？」

「⁉」

カグヤの頰が少しだけ熱くなった。それと同じくらい、表情は青ざめた。

「あっ……えっと……」

広間はしんと静まっていた。だが、ただの静まりではない。この場で事態が何か動くかもしれないという期待を、カグヤは嫌でも感じた。

カグヤと、そしてアズマの挙動に誰もが注目していた。

しかしカグヤはそんなことを気にしている場合ではない。

一刻も早く、良《い》い言い訳を捻《ひね》り出《だ》さなくてはならない。というか、出来る限り当意即妙に。

「あ——アズマさんの料理が好き、って言ったんですよ」

しかし出てきたのは苦しすぎる言い訳であった。

「そう、アズマさんの料理、私大好きですから！　楽しみで待ちきれなくて立ち上がった、というわけです」

「そ、そうなのか？　それは嬉《うれ》しいが」

アズマは困ったような顔ではあったが、声は心なしか嬉《うれ》しそうだった。

騙《だま》されてくれたらしい。

それはそれでどうなんだろうかと思うが。

「だがそんなことを言っても、メニューに贔屓《ひいき》は出来ないぞ、カグヤ」

「別に贔屓《ひいき》してもらおうと思ってはないですよ」

「じゃあ量の方か？　またミライ少佐が泣くぞ」

カローンの食事やら必要備品やらは、すべて戦闘応援兵科が用意している。カグヤが入ってきてから、食糧の発注量が物凄《ものすご》いことになっており、ただ加減をすればカグヤのパフォーマンスが落ちるため、毎度ミライが泣く羽目になっている。

「量って。……まあいいです。というか、アズマさんどうしてこんな時間まで寝てたんですか。いつもはリンドウさんの次には起きるのに」

隊舎で一番朝が早いのはリンドウだ。

「昨日夜更《よふ》かしでもしたんですか？　珍しいこともあるんですね」

「……ああ」

アズマはキッチンに向かい、広間にいるカグヤ達に背を向けて、どこか自虐的に笑う。

「思い出していた。カローンの……皆のことを」

皆というのがいったい誰であるか――分からないカグヤではない。

すとん、とソファに腰を下ろした。皆とは恐らく、これまで死んだカローンの隊員たちのことだ。六年前生き残った子供たちは、アズマたちだけではない。もっと年長の、少なくとも烏《う》合《ごう》の衆でしかない未成年の集まりを纏《まと》め上《あ》げられる者がいた。

それらの全ての死は、殲滅軍《せんめつぐん》――と名乗る組織――の実験のためにあった。

カグヤは研究長やサクラのことを思い、ハルはきっと、彼女が今までに目にしてきた仲間の死を思い浮かべているのだろう。

少しだけしんみりとした空間に、冷蔵庫を開ける音が響いた。言ったアズマは随分とケロッとしている。

「もう夏も終わりか。今年は少し、長かった」

「……私にとってはほとんど一瞬でしたけどね」

「あまり笑えない冗談だな……」

それはさすがに自覚している。

しかしカグヤにとっては些事《さじ》に近いのだった。自分が一か月も寝ていたことに限っては。

「そういえば」と、カグヤはまったく違う話を始める。

「アズマさんお疲れのようですし。今日、作るのやめて、皆でどっか行きません？」

「？ 外食ってこと？ なんで急に」

「いいじゃないですかたまには。ミライ少佐にお金出してもらえばいいし」

「あの人も大変ねえ……」

ハルは遠いどこかを見遣《みや》る。それでもハルは反対しなかった。

「えー、じゃあ何食べる？ カグヤ食べたいものある？」

「うーん、……自分で提案しといてなんですが、意外と考え付きませんねぇ」

「量が制限出来るものにしてよね。この間みたいにわんこそばで百五十三杯とかしないでよ？　あれ全員ドン引きだったからね」

「あれでも結構少ない方だったんですよ？　ミライ少佐に泣きながら止められたから止めただけで」

大変ねあの人も。と、ハルは同じようなことを繰り返す。

「量が制限出来るもの、ってなんでしょうか……？」

「食べ放題やおかわり無料がやってない場所よね」

「あー、じゃあイタリアンはどう？　粉ものだったらお腹《なか》膨れそうだし」

アズマとリンドウの意向は一切無視して、少女達は勝手に話を進める。

パスタならあそこが美味《おい》しいとか、あそこは高いからミライ少佐が可哀想《かわいそう》じゃないかとか、あそこはヘルシーパスタがあるとか。

喧々諤々《けんけんがくがく》の議論を交わした結果、コユキはアズマ達を振り返る。

「というわけで今日の昼食はパスタになったから」

「俺達に決定権はないんだな……」

「じゃあ要望あるの？」

それにアズマは考え込んだが、十秒経《た》っても何も言わなかった。思い付かなかったのだろう。

「よーし、じゃあパスタで決まり――」

「いやおい。俺にも聞けよ一応」

リンドウは不服そうだ。多分形だけだが。

「どうせプロテインとか言うんでしょアンタ」

「俺のことなんだと思ってんだ？　まあそうだけど」

この会話の流れをするために茶々を入れたのだろう。

じゃあパスタにしよう、と決まり、リンドウも立ち上がったところで、アズマが「あ」と何かを思い出した。

「パフェ」

存外に可愛《かわい》らしい言葉が出てきて、その場の全員が目を点にする。

「パフェ？　ですか？」

「ああ……この間見つけてな、行こう行こうと思っているうちにだいぶ時間が経《た》ってしまった」

「へー。アズマさんが興味を持つ店なんて、気になりますね。……でもすみません、私今日はもうパスタの気分でして」

「無理に今から変えようとはしない」

アズマもそこまでパフェに執着している訳ではない。ただ、言ってみただけだったのだろう。

「あー、じゃ、こうしましょう。次に外食するときはアズマさんの希望を優先します」

「ほう。なら……約束してくれるか？　それを」

「勿論《もちろん》です。私が約束を違《たが》えたことありますか？」

「すぐには思いつかないな。違《たが》えるところもあまり想像出来ない」

「でしょう？」

少し得意げに笑った。アズマはそんな彼女に釣られるように、あるいは付き合うかのように笑みを溢《こぼ》す。

「違《たが》えないのは分かったが。なら忘れるなよ」

「大丈夫です。覚えるのは人一倍得意ですからね」

「それならいいんだがな」

茶化すようなことを言って、アズマは一番先に広間を出て行く。続けてコユキ、リンドウ、ハル。カグヤは、意図してそうしたわけではないが、偶々《たまたま》最後尾だった。

全員の背が見える立ち位置。そこでカグヤは、ひっそりと心に浮かべる。

――忘れるわけがありませんよ。

他ならぬ貴方《あなた》との、約束なんだから。

十四　沈殿

その夜のことだった。

《勇者》出現の報を受け、カローンは既に現地に到着している。

《勇者》が出現したのは千葉、東京湾側の埋め立て地だ。学校などが多いその場所にある私立高校——主に校舎を覆う形で、スライム状の《勇者》が出現しているらしい。

夜だったのが幸いだった。午前三時、半分寝かけている警備員がひとりいる以外は虫一匹いない。そこにカローンの面々は侵入した。その中にカグヤはいた。銃を低く構えている。

『辛《つら》いなら——』

「大丈夫ですって。それより皆さんは大丈夫なんですか」

遮り、その《勇者》と向き合う。スライム状の《勇者》の色は毒々しい紫色で、校舎全体がまるで沈んでいるかのようだ。うっすらと見える下駄《げた》箱、校舎の入口。窓や教室。

【アアアアアアアアアアアアアアアア！！】

絶叫——

思わずカグヤは己の片耳を押さえる。足が竦《すく》み、身体《からだ》の芯が痺《しび》れるかのような衝撃に襲われた。それは他の面々も同じだったようだが、コユキなどは両手が塞がっており、もろに被害を受けている。

「コユキ！　大丈夫⁉」と叫ぶ自分の声が聞こえなかった。

校舎がひび割れ、アスファルトが割れる。それほどに大きな衝撃と声量。「音の攻撃」と言ってていいようなものだった。

しかし《勇者》にとっては当然ながら、自分の鳴き声である。自身から発せられる音にダメージを受けるわけもなく、各々《おのおの》動きを止められているカローンのメンバーにその「手」を伸ばす。

紫色の身体《からだ》から分化した、木の枝ほどに細い棒状のスライムだ。そのスライムは分化すると き数秒だけ通常の速度で動いた後、突然速度を増してカローンを襲撃する。

それぞれの得物《えもの》のために片耳しか押さえられなかったアズマ、カグヤ、ハル。両手が塞がっていたが故にもろに喰《く》らったコユキ。それぞれに迫り来る「腕」。

瞬《まばた》きひとつほどの時間を置いて届きかけた攻撃は、しかし、一瞬だけ動きを止めた。

その隙を逃すほど愚かではない。全員が退避したのちカグヤは、何故《なぜ》一瞬だけ動きを止めたかを知ることになる。

「う……リンドウさん」

リンドウはただ一人だけ、徒手空拳であったので完全な防御が出来ていた。そのため《勇者》の本体に近付き、強烈な拳打を与えていたのである。

『リンドウ！』

『‼』

そのリンドウに、腕が迫った。カローンの面々にそれぞれ肉薄していた「腕」が集まり、人間の胴体ほどもある太さとなって彼を襲撃する。しかし動きはさほど精密ではなかった。大振り故に隙が大きく、リンドウは難なく避けている。しかしもう一度避けたその先に。

『なー――ッ⁉』

罠《わな》を張るかのように、スライムの太腕がもう一本存在していた。気付かなかった彼は脚を摑《つか》まれ、ぎりぎりぎりぎりと締め上げられる。

『あ――っぐ、』

腿《もも》が千切れそうなほどの圧力であった。その「手」がリンドウの脚を千切る直前、銃声が響いてスライムの腕が千切れる。

『ッ、』この機を逃さないリンドウ。脚を少し引きずりつつも、届かないところに退避する。

『おおコユキ！　悪いな！』

『借りっぱなしは癪《しゃく》だからね』

苦笑したようなコユキが持つ対物銃からは煙が上がっている。リンドウを捕らえるスライムは、コユキに撃たれて一度千切られたもののすぐに修復された。

『はー？　何あれめんどくさ』

もう一発。今度は校舎の時計部分、玄関口の真上。大きな破壊音と共に破壊された時計と校舎の破片が落ち、スライムにダメージを与える。さらにもう一発と構えたところで、

『待てコユキ‼』

静止がかかった。アズマの視線を追ったカグヤは、窓の端にちらりと人影が見えた気がした。

「まさか中に誰か⁉」

スライムにより校舎はひび割れ侵食され、今にも人影を呑《の》み込みそうだ。その猛威から逃げるように人影は逃げて逃げ続けて。か細い声を発する。

「助けて……！」

その声にまず反応したのはハルだった。天性の俊脚で駆け、校舎内部に向かう。その背中にアズマが叫ぶ。

「タカナシ、ルートは分かるのか⁉」

「問題ない」

返答もそこそこに、ハルは駆ける。

彼女の両眼は少女の居場所を的確にとらえ、最短ルートを即座に割り出していた。彼女の身体能力で可能なルートはまず、校舎側面、一階の窓。

走り出した彼女を《勇者》は追わなかった。更に厄介な存在が目の前にいたからである。

それも、二人。

「アズマさん」

そのうちの一人であるカグヤは、そっと彼に問う。

「卵の位置が分からなくなっていると聞きましたが。大丈夫ですか？」

「大丈夫だ。先程のリンドウとコユキの攻撃で、唯一護《まも》った部分があった」

心臓である卵がある故に、無意識にでも護《まも》りが厚くなっている場所。

「カグヤ」隣に並び立つカグヤを見ずに声をかける。

「行くぞ」

「はい！」

二人でスライム内部に突入した。アズマが先導し、二人で卵のある場所に向かう。

不思議な感覚だった。水の中を奔《はし》っているようなのに、息はまったく苦しくない。寧《むし》ろ少し心地良いくらいの空間だ。

「あそこだ――二階の窓‼」

数秒も走った頃だろうか。目の前に見えた。そこだけスライムの密度が非常に高く、透明度は著しく下がっている。

校舎の二階、窓側の席。アズマに唐突に摑《つか》まれ、跳ぶ。彼は難なく二階の窓にとりつき、肘打ち一発で窓を割った。卵のある場所はすぐ近くだった。……机の上だ。

「……」

スライムの中でも視認出来る机には多種多様な落書きがされ、死を表す花瓶が置かれていた。卵はその花瓶のなかに、そっと安置されていた。

抵抗が一気に強くなる。アズマもカグヤも動けなくなった。卵の場所に行けない——どころかスライムの内部がひとりでに歪《ゆが》み出し、寧《むし》ろ押し出されようとしている。

「抵抗がッ……」

「よほど触れられたくないようだな」

しかし。彼は押し出されることはなく、刀の柄《つか》に手を添えて、ほんの少しだけ重心を移動させる。鍔《つば》に指をかけ腰を低くしたその体勢から、カグヤにも見えない速度で斬り捨てるように、一気呵成《いっきかせい》に抜刀した。しゃらん、と鈴の鳴るような音とともに、スライムの一部だけが切り裂かれる。

まるでモーゼの海割りのようだった。カグヤはその隙間からどうにか飛び込んで、己の銃を向ける。それすらも、スライムは拒絶しているかのようだった。

「……ええ、よく分かりますよ」

かえりたくない。ここにいたい。理想に殉じたい。現実に戻さないでほしい。

その気持ちのすべてを彼女は理解する。

自分にしか出来ないことがある。それは誰も代わってやれないことだ。相手を救うためには必要なことだ。

それでもカグヤは、その全てを引き受けて、覚えてやることはもうしない。

引き受けて、背負って、刻み付けて、流すのだ。澱《よど》まないように。呪いにならないように。

忘れてはいけない記憶は、覚えて、伝えて、皆のものにする。決して独占などしないように。

それで彼女自身が潰されぬように。

「だから、帰りましょう」

だから安心していいのだ。

「引き受けて、そして、忘れない。そして——」

続きがある。忘れないだけではない。

「——伝えるから。だから、貴女《あなた》は一人で逝《ゆ》くわけじゃない——安心して」

最後の一打は撫《な》でるような、優しく抱擁するような、聖女の慈悲にも似たものであった。

・・・

(あそこでカグヤは、やはり救おうとするのだろうけど)

アズマはカグヤを護《まも》るように動きつつ、刀を一閃《いっせん》した。今のアズマは二階の窓枠に陣取って、

カグヤの周囲を取り巻こうとする《勇者》の身体《からだ》を斬っていく。

(そしてその記憶を、持ち帰ってくるのだろうけど)

スライムの身体《からだ》は斬り辛《づら》いが、アズマは難なく切断。

(だが――もう一人で抱え込むことはないんだろう)

そして、カグヤの肩にかかろうとする触手を斬り捨てる。

カグヤが《勇者》の世界に入るのと、学生を助け出したのはほとんど同じタイミングだった。

そしてその学生がほっと息を吐き、生きているんだと実感出来る程度の時間が経《た》ったその数秒。数秒後にカグヤは覚醒した。

「カグヤ!」

声をかける。カグヤはゆっくりと、アズマに応えるように笑みを溢《こぼ》した。

「大丈夫か?」

「……アズマさん。私は問題ありませんよ」

どこか吹っ切れた顔の彼女に、アズマもほっとする。

「そうか――よかった。そろそろ終わりそうだ」

同時に、その《勇者》の形が崩れていくのを確認した。丸呑《まるの》みせんとばかりに覆われていた校舎も自由になり、再び静けさを取り戻した夜空の下。

アズマは先に窓から飛び降りた。二階の高さだから、両脚で着地するのも容易だった。そしてアズマは、カグヤを待つ。手を広げて。カグヤも何の躊躇《ためら》いもなく窓から飛び降りて、一瞬空に浮かんだ――ほんの数秒のことだった。いや一秒にも満たなかっただろう。

「……え、っ」

しかし――アズマは忘れていたのだ。

いや、この場の誰もが失念していた。

サクラが死んだとき、《勇者》の攻撃は一瞬遅れてやってきたということを。

誰もが油断し、弛緩《しかん》したそのときに襲い来たのだということを。

カグヤを受け止めようとしていたアズマ、《勇者》を窺《うかが》っていたコユキ、学生の行方を見ていたリンドウ、彼を無理やり誘導しようとするハル、それぞれの瞳に同時に映ったのは。

消滅寸前の《勇者》がすらりと一本、木の枝のように細い触手を伸ばし、カグヤに殺到するところだった。

「――あ」

空気が抜けたような声を出したのは、いったい誰だったか。

夜空の下でぐちゅりと肉の音が響く。

カグヤの背中に《勇者》の触手が埋没し、そして腹から同じものが突き出していた。

カグヤが、まず感じたのは不快感だった。

痛みはない。熱さもない。ただ自分の中に異物が紛れ込んでいるという本能由来の不快感と、突然落下が止まったことで感じた風圧や寒さが厳しかった。

そう、寒い。まだ夏なのに。全身が氷塊に包まれたように冷たかった。

一瞬遅れてカグヤは、呼吸がほとんど出来ないことに気付く。そのあと、

「カグヤ！！！」

誰かが叫んだ。その声の悲惨さから、カグヤは、己の身に何かがあったのだということを知る。そこでようやく彼女は、視線を自らの身体《からだ》に向けた。

「……ああ」

鳩尾《みぞおち》が貫かれていた。

心臓を直撃しなかったのは不幸中の僅かな幸いだが、衝撃で肋骨《ろっこつ》は折れ、それが肺に刺さって半分崩壊している。ごぽりと血を吐いて、カグヤは直感した。

ああこれは、駄目だ、と。

死が近い者は、誰に言われずともそれを悟るのだという。科学的な理由はないが、生物としての本能がそれを告げるのだろう。

カグヤはまさにそれを実感していた。胸を起点に体温が流れ出て、意識は今や吹き飛ばされそうなほどに薄い。視界はところどころノイズがかかったように塞がれて、見えるのは奔《はし》ってくる誰かの姿だけだ。

その姿も、誰かまではもう判別出来なかった。

身体《からだ》のバランスが急に崩れる。落ち始めていた。すべてがスロー再生のようにゆっくりに見えていた。辛《かろ》うじて見えるのは、銀色の刃が触手を切り捨てた瞬間。

「カグヤ⁉⁉」

悲痛な声だった。銀色は泣きそうな声で叫んでいた。

視界は急激に塞がっていき、目は見えなくなる。音だけで誰かが駆け寄ってきているのを捉えたが、その音すらも遠くなっていく。胸から温かい何かがどんどん零《こぼ》れ落《お》ちて、目の端に、自分の緋色《ひいろ》の髪が血の色に染まっていくのを捉えた。

（銀、色……）

暗く閉ざされかかっている視界が最後に捉えた色は、銀だった。ちらちらと輝く銀色。ほんの少し見えるアイスブルー。

（アズマさん――）

意識が混濁する。銀が薄くなり、それを覆い隠すかのように、栗色《くりいろ》が視界を埋めた。

その色にカグヤは覚えがあった。その瞳をカグヤは知っていた。

（……兄さん）

朦朧《もうろう》とした頭では複雑なことを考えられない。現実と夢、生と死、真実とまやかしの境目で揺れているカグヤは、目の前に現れた青年が幻であると気付けなかった。気付いていたとしても、その思惑までは考えられなかった。

だから彼女は手を伸ばす。死《し》に際《ぎわ》に見るその夢に。

彼の姿に。

《女神》の姿に。


――分かっている。

誰も口にしないが理解している。カグヤはもう助からない。

血の池が、彼女自身を覆うほどの大きさにまでなっていた。傷は深すぎて、今更どんな処置をしようと意味がないことを厳然と示している。

さて――この場において、死にかけているということは何を示すのか。そしてその危険がある場合、何をすればいいのか。誰も言わないが、誰もが理解していた。

「……私がやる」

ハルがナイフを抜く。何をするかは、もはや言葉にされるまでもない。

「一度やろうとしたことはある。今度こそ――」

「待て」

血が流れ続けるカグヤを抱き留めながら、アズマは下唇を噛《か》み締《し》める。決断は一秒とかからなかった。何かを言おうとしたハルを制して、アズマは刀を逆手に持つ。

《勇者》相手ではなく、カグヤを前に。

「やるなら俺が」

それだけは誰にも譲れなかった。殺《や》るのなら、せめて一番苦しくないところを。躊躇《ためら》わず一度で刺さなければならない。

頸《くび》しかないだろう。それか眉間か。一瞬で意識と命を奪うならば。

カグヤはもはや目すら見えていないようで、虚空《こくう》に向かって腕を伸ばしている。嫌な兆候だ。ここにいない何かを見ているということなのだから。

早く——速く殺さねばならない。勢いのまま切っ先が彼女の頸《くび》を貫こうとして、

その時だった。

ふわりと、血塗《ちまみ》れの戦場を塗り潰すような強烈な香りが一面を支配した。

鼻孔を擽《くすぐ》るそれは、金木犀《きんもくせい》の香り——

「……ッ!!」

まったく反応出来なかった。倒れたカグヤの傍《そば》に、いつの間にか一人の男がいる。茶髪で、どこかカグヤと似た顔立ちの、そう、年齢的に「兄」とも思えるその姿。

カグヤの兄はもういない——だから、こいつは《女神》だ。誰もが一瞬でそれを理解した。

アズマが刀を振り、コユキが撃鉄を下ろし、リンドウが駆け、ハルがナイフを構える。

アズマの一刀が《女神》の頸《くび》を捉える。コユキが撃つ弾丸が《女神》の頭部に迫る。リンドウは今にも《女神》の右半身に触れそうになる。逆手に構えたハルのナイフの刃が左半身を殴ろうとする。

あと一瞬後には、四つの攻撃が全身を襲うはずだった。

──遅かった。

その全てが、遅すぎたのだ。

「……嘘《うそ》……！」

竜巻のような風が吹く。まるで息吹《いぶき》に包まれているかのような生暖かい風がカグヤを包み込んだ。その直前アズマが腕を伸ばすが、届かなかった。

そしてその風が収まった後。いつの間にか消えた《女神》の代わりに現れたのは、カグヤと同じ緋色《ひいろ》の花弁《はなびら》をした大輪の華であった。

・・・

「──ックソ……!!」

緋色《ひいろ》で、人間の身体《からだ》ほどもある大きな薔薇《ばら》だった。茎を中心にいくつもの花が円を描いており、素人《しろうと》にも分かりやすい芸術的な姿だ。ゴッホの「ひまわり」を薔薇《ばら》にしたような、そんな姿だった。

もっとも内側にある花弁《はなびら》は薄紫。自重を支える二本の茎は静かに屹立《きつりつ》しており、神秘的な雰囲気すら醸《かも》し出《だ》している。顔を抉《えぐ》る闇は、花でいう雄蕊《おしべ》に存在していた。ちょうど人の頭と同じくらいのサイズの。《勇者》の一番の特徴である暗闇が。

「……ああ」

情けないような、そんな声が出た。

「笑うな――そんな顔で」

彼には見えていた。篠原神久夜のその笑顔が。

焦点が合っていない。それなのに口角だけは上がっており、まるで何かが決定的に壊れた姿のようだった。

篠原神久夜《シノハラカグヤ》の《勇者》――凄絶なその姿。

花弁《はなびら》は不必要なほどに大きく、ただ毒々しく己を主張するかのように咲き乱れている。大輪であるのに支えとなっている根は見えず、無理をして立っているような状態にも見えた。

言うなればそれは華の《勇者》だった。彼女の髪と同じ色の、美しい、見た目だけの薔薇《ばら》。

神久夜《カグヤ》らしくもない、そんな外見の。

誰もが全てを察し、そして覚悟した。覚悟出来なくても、したくなくても、する必要があった。何故《なぜ》ならその《勇者》の大きさは異常であり、また増殖していたからだ。一定時間が経《た》つと花弁《はなびら》が二倍に増えるその《勇者》は、放っておけばほんの数十分も経《た》たずにこの土地を埋め尽くす。

「神久夜《カグヤ》!!」

「アズマ落ち着いて。まだ動きはない」

誰かに後ろから腕を引かれ、アズマは一度我に返る。《勇者》のど真ん中に突っ込んでいこうとするアズマを止めたのはコユキだった。

そんなコユキは、平気な顔でこんなことを言う。

「――今なら殺せる。まだこちらにも気付いていないから」

「はぁ⁉」

コユキが放ったその言葉は。当然、歴戦のアズマならば理解していたことであり――しかし決して受け入れ難《がた》いものだった。

「殺すって――何を」

「それ私から言わせんの？」

憤懣《ふんまん》の籠もった、しかしどこか冷静なその声は、直情的な彼女らしくもないもので。

だからこそアズマも多少は冷静になれた。コユキの言う通りだ。

殺すなら今しかない。

勇者
出現

篠原 神久夜

（17）

出現場所：千葉・東京湾岸

個体：緊急事態より判別できず
速やかに討伐せよ

HERO-SYNDROME

傷つきながらも諦めることなく《勇者》を救ってきた少女は、《勇者》と成り果てても仲間への笑顔を絶やしはしない。

いつまでも愛する人と一緒にいたい。

その思いは幼い頃からの憧憬。

さあアズマさん、一緒に逝きましょう。

神久夜《カグヤ》を殺すのなら。

抜刀し、それを構えて腰を落とす。目の前の化け物に刀を振るうなど、なんの躊躇《ためら》いもない。

――たとえ暗闇の裏の、その顔が見えたとしても。

(神久夜《カグヤ》。貴女《あなた》はそんな顔をする人じゃない)

だが頭の隅ではわかっている。カグヤの姿をしているだけで、もうそこにいるのは違うモノなのだ。

(貴女《あなた》の笑顔はそんな――狂ったようなものじゃない)

コユキが気遣おうとしているのがわかったが無視をして、アズマは淡々と指示を出す。

「コユキの言う通り、まだ相手はこちらに気付いていない。叩《たた》くなら今だ――」

そして彼は、彼の十八番《おはこ》を口にした。

「隙を作るのは俺がやる。後は任せる」

この中で一番の手練《てだ》れである彼が注意を逸《そ》らすのは必然で、それには真っ先に行かなくてはならない。神久夜《カグヤ》を殺すために。

「ちょっと、」と、走り出そうとしたアズマに声をかけたのは碧《あお》い髪の少女だった。

珍しく表情を崩し、アズマの挙動に恐怖の視線を送る。

「分かってるの。相手はあの子よ？　もし卵を潰したら、それは貴方《あなた》が彼女を――」

「タカナシ。悪いが今は、それに付き合ってる暇はない」

そんな弱い、甘い言葉なんて聞いていられない。この《勇者》は——目の前の化け物は、恐らく最上級のものだ。まさに六年前に匹敵するほどの。放置していればまた大きな被害を出す。

「……神久夜《カグヤ》」

攻撃性がまだない《勇者》は、校舎に厳然と存在していた。まだ緋色《ひいろ》の花弁《はなびら》を揺らすだけとなっているが、攻撃的なものに変わるのもそう遠い話ではないだろう。

彼女を救える者はいない。もしそれが可能だとしたら、一度《勇者》になりかけたことのあるアズマのみ。——だけど。

「俺達に出来ることは《勇者》を斃《たお》すことだけだ。いつもそうしているだろう」

数秒の沈黙が走った。サクラが《勇者》化したときの寒々しい沈黙が。

『確かにそうね』と、コユキが答える。

『私——神久夜《カグヤ》が《勇者》になるのなんて見たくないから。《勇者》になったとしても、誰かを傷付けるところなんて、絶対に』

仲間を殺すのはこれが初めてではない。斃《たお》してやるのは彼女なりの優しさだ。

承諾。アズマは新しく手に入れたクロノスを構える。彼の手には少し重く、そして少しだけ扱い辛《づら》いクロノスを。未《いま》だサクラの意思が宿るその刀を。

構えて叫ぶ。彼女が人を殺す前に。全てを壊す化け物となる前に。

「神久夜《カグヤ》!!」

・・・

「──神久夜《カグヤ》」

声をかけられて、神久夜《カグヤ》ははっと我に返った。

しんと静まった空間の中に、彼女はいた。我に返った神久夜《カグヤ》は辺りを見回す。場所は民家の玄関先だ。赤い屋根の。

数秒して、それが自分の家であることをカグヤは思い出す。

「あれ私、いつの間に……？」

さっきまでどこか別の場所にいたような気がするのだが──

「そこで何してんだ？　早く入れよ」と、声がしてそちらを見た。茶色の髪。彼女の兄は、玄関先で呆《あき》れた様子だ。

栗色《くりいろ》の髪と薄紫の瞳。そこまでを確認して神久夜《カグヤ》は、自分がたった今まで数秒間、時空が止まったように立ち尽くしていたことに気付いた。

「あれ？　何してたんだろう私……」

「お前寝惚《ねぼ》けてんのか？　今日はお前も俺も休みだろうが」

「え？　あ、そうだったっけ」

言われて神久夜《カグヤ》は思い出そうとする。そしてふっと、記憶の表層に浮かんできた。

(あ……確かにそうだった。なんで忘れてたんだろう)

兄の言っていた通り、今日は神久夜《カグヤ》も兄も非番で、せっかくだからご馳走《ちそう》でも作ろうか、ということになっていたのだ。何故《なぜ》忘れていたのだろうか。

「なんか調子狂うな……まあンなことはいいよ。早く中入って座れや」

「あ、うん!」

先に居間に消えて行こうとする兄を追う。靴を脱ぎながらも、カグヤの胸には嬉《うれ》しい気持ちがいっぱいに広がっている。兄と二人きりになるのは、本当に久しぶりだった。

靴を丁寧に揃《そろ》え、居間に行こうと一歩、踏み出したときだった。

【――!!】

「……ん?」

何か声が聞こえた気がして、脚を止める。

何故《なぜ》か、呼ばれたような気がした。

男性の声だった気がした。

「……ねえ兄さん」と、先に入ろうとする兄に追《お》い縋《すが》る。

「さっき、誰か私のこと呼んだ?」

「はぁ?」

突然妙なことを言い始めた妹に、兄は野性的なその瞳を細め、珍しく失笑する。

「そりゃあ俺だろ。大丈夫か？　お前」

あ、たしかに、と神久夜《カグヤ》は気付かされた。

よく考えてみればここには自分と兄しかいないのだ。何を考えていたのだろうか。

「あ、あはは、そーだよねえ！　やっぱり寝不足なのかなあ」

それきり神久夜《カグヤ》は声のことはすっかり忘れ、楽しい気分のまま兄の後ろをついていった。

いい香りがする。扉を開けたその先には、きっと楽しいことが待っていると、神久夜《カグヤ》は直感していた。

「おお……！　すごい！」

そしてその直感の通り。居間に入ると、満漢全席だった。

テーブルには和洋中、各種いろいろな大皿料理が置かれ、小皿もある。

「こ、これ兄さんが作ったの？　凄《すご》いね……料理出来たんだ」

「まあな。人のために作ったのは初めてだが」

「それにしても二人でこれは多すぎだよ。兄さん張り切りすぎ」

「……いや寧《むし》ろ足りないくらいだぞこれ」

「そうかなぁ」

己の食欲の旺盛さに気付かない神久夜《カグヤ》は、首を傾《かし》げながらも食卓につく。

まずは目の前のオムライスだ。いただきますもそこそこに料理に目を向けたとき——急な違和感と既視感が彼女を襲った。

(あれ？　これって……)

目の前の料理を神久夜《カグヤ》は知っている。

「……？　これって本部の」

本部の食堂の特別メニューだった。確かに神久夜《カグヤ》が知るそれだった。

(え？　でも、ここにあるってことは兄さんが作ったってことだし……)

「おいどーした神久夜《カグヤ》。食い方忘れたか？」

「えっ⁉」

我に返って兄を見れば、既に食べ始めている。ぼーっとしていた神久夜《カグヤ》に親密な笑顔を向けていた。

「だ、大丈夫だよ兄さん」

返すように笑って、神久夜《カグヤ》はスプーンを取る。再び見たそれは、神久夜《カグヤ》が見たことのない、かわいらしいオムライスだった。

最近は技研《ぎけん》に詰めていたから、そういう幻のようなものを見てしまったのだろう。そう思うことにして、神久夜《カグヤ》は最初の一口を運ぶ。

間二　声

リンドウは、言ってやりたい言葉があった。

神久夜《カグヤ》から何故《なぜ》かタイマンの申し出があったとき、リンドウは彼女の意思を測りかねた。確かにこちらから発破をかけることはあったが、向こうから言ってくるとは思わなかったから。

真剣であった彼女の様子に何かを感じて、だからこそ付き合ったのだ。

その中でリンドウは、自分の直感が決して間違っていなかったことを知る。神久夜《カグヤ》は本当に心の底から、希望になろうとしていた。

「……あの時お前は、俺にちゃんと当てただろうが！」

突然始まった鍛錬のような手合わせは、最終的に神久夜《カグヤ》の勝利だったのだ。百回やって九十九回は転がしてやったけれど、神久夜《カグヤ》はその度に食いついてきた。そして九十九回の連戦で少し気を抜いていたリンドウに、彼女は確かに一打当てた。

「たった一度のマグレでも俺に勝ったんだ――だから」

だから、言ってやりたい言葉があった。

「ンなもんに負けんじゃねえぞ、神久夜《カグヤ》！」

あの時ハルは、聞こうとしていた。

何故《なぜ》彼女は《勇者》の全てを救おうとするのか。

救われるのを拒否する者まで。彼女自身にはなんの利もないというのに。

答えなんて聞かなくても分かっていた。神久夜《カグヤ》はそういう人間だからだ。

一度諦めかけた心をもう一度立て直せる、そんな強さがあるからだ。

けれど強さとは、同時に脆《もろ》さでもある。その脆《もろ》さをも克服して、邪魔するすべてをなぎ倒すかのように己の正義を貫くそんな人だからだ。

だからこそ彼女は我慢出来なかった。こんな終わりは望んでいなかった。

「戻ってきなさい――篠原《シノハラ》中尉！」


コユキは恐怖していた。

このままでは神久夜《カグヤ》が喪《うしな》われる。いやこのままでなくても、確実に喪《うしな》われる。

恐れていたことだった。神久夜《カグヤ》が《勇者》になったら助けられる者は誰もいないのだ。これまで何人もの人を救い、救えなくても見届けた彼女を、同じように見送ってやれる人はいない。

そんなのは理不尽だ。

コユキは理不尽が大嫌いだった。特に、大事な人に降りかかるものはすべて。

もう二度と何も失いたくない。それに、約束したのに。

「言ったじゃない――みんなでパフェに行くって。約束を、アンタは裏切るの⁉」

それだけじゃない。もっともっと神久夜《カグヤ》には言いたいことや、一緒にやりたいことがあったのだ。それなのに。

「――こんな終わりは嫌だよ、神久夜《カグヤ》‼」


アズマは混乱と情動に突き動かされていた。現実逃避にも似た希望的観測、しかし頭の片隅では、冷静な自分が否定する。

助からない。助からなかった。彼女を人間として死なせてやれなかった。

目の前の《勇者》は、今まで接してきた《勇者》とは段違いだった。強い――という次元ですらない。これまでの何もかも超越しているような姿だ。

「戻って来い、来てくれ、神久夜《カグヤ》――」

他の者と違い、アズマは彼女に別の感情も向けていた。

たとえ戻れなかったとしても。

「……だが、安心しろ。もし戻れなかったときは」

それは諦めのようにも見える、彼なりの優しさ。

「俺が貴女《あなた》を、殺してやるから」

そして彼は、己の刀を思い切り神久夜《カグヤ》に突き刺した。

十五　変貌

どくん、と何かが鼓動したような気がした。

料理はもう大半食べ終わってしまっていて、ほとんど神久夜《カグヤ》の胃に収まっている。兄の言った通り、意外と二人でなんとかなった。

「……まだ行けるわね」

「マジかよお前……」

「兄さんはそれだけでいいの？　よく持つね」

「あのなあこれが普通なんだよ。お前はなんで一人で六人分も食えるわけ？」

「なんでって言われてもなあ」

これが生まれつきなので仕方ないのだけど。

ガタリと兄は席を立った。そしてそのまま冷蔵庫に向かう。怠《だる》そうな横顔と、少しだけ緊張したような視線が神久夜《カグヤ》の目を釘付《くぎづ》けにした。

「兄さん？　何やってんの？」

「デザート」簡潔に示された答えに目を丸くし、嬉《うれ》しくなって立ち上がる。

「デザートまであるの!?」

デザートがあるという事実だけでも彼女は胸が躍った。けれどそれだけではない。兄が自分のために用意してくれていたことが何よりうれしかった。

兄が取り出してきたのは空色のアイスクリームだった。ガラス皿に盛られた、爽やかさを感じさせる色の。トッピングに銀色のアラザンが散りばめられており、目を惹《ひ》いている。

「……綺麗《きれい》」

自然と彼女はそう言った。

「食べるのが勿体《もったい》ないくらい」

空色と銀色。何故《なぜ》だか色味がよく似合う。いったいどこで見たのか、どうしてか既視感を抱いたけれど。

「何言ってんだよ」と兄は笑う。

「早く食べないと溶けるぞ」

そして彼は躊躇《ちゅうちょ》なく、そのアイスの半分ほどをスプーンで掬《すく》った。真似《まね》をして神久夜《カグヤ》もスプーンでアイスを掬《すく》い、そのまま食べようとして、

——桜《サクラ》の香りがした。

唐突な香りに、神久夜《カグヤ》はきょろきょろと辺りを見渡す。また別のデザートがあるのだろうか？　桜色《サクラ》の何かが。それにしては突然だけれど。

「兄さん、この香りって——」

【それ、食べない方がいいよ。神久夜《カグヤ》ちゃん】

「⁉」

荒川桜《アラカワサクラ》。桜《サクラ》がいつの間にか、テーブルの背後に立っていた。

「び、びっくりしたぁ。桜《サクラ》、なんでここに？　っていうか——」

桜《サクラ》の格好を見て、神久夜《カグヤ》は首を傾《かし》げる。

「なんで隊服？　今日はオフだって……」

【神久夜《カグヤ》ちゃん】

神久夜《カグヤ》の言葉を遮って、桜《サクラ》は構わず話しかけてくる。テーブルの上の空皿やデザートのアイスにちらりと目を遣って。

【幸せかな？　今】

「はい？」

どうしてそんなことを聞いてくるのだろう？　と、神久夜《カグヤ》は眉を顰《ひそ》める。

「どうしたんですか突然？　というか、どこから……？」

「おいおい」

戸惑う神久夜《カグヤ》の代わりに口を開いたのは兄だった。

「荒川《アラカワ》よぉ。断りもなしに入ってくるのはさすがに不躾《ぶしつけ》じゃないのか」

【君みたいなのに不躾《ぶしつけ》と言われる筋合いはないね】

「ちょっと桜《サクラ》……」

何故《なぜ》か敵意をむき出しにした桜《サクラ》を窘《たしな》める。

「すみません桜《サクラ》、責めてるわけじゃないけど、私もそう思います……入ってくるなら、一声かけてくれても。これだと不法侵入になってしまいますし」

【それは違うよ。不法に侵入されているのは、神久夜《カグヤ》ちゃん、君の方だ】

少しだけ会話がかみ合わず、神久夜《カグヤ》は首を傾《かし》げる。

そもそも最初から桜《サクラ》らしくない言動ではあった。勝手に入ってきて食事の邪魔をするような無礼を彼女は行わない。

ガタリと、不機嫌な椅子の音。兄が立ち上がっていた。そのまま桜《サクラ》の方に近付いていき、彼女の腕を取る。

「ちょっ、兄さん……！　乱暴なことは！」

兄を止めるため立ち上がる。確かに兄は少し乱暴なところもあった。

しかし桜《サクラ》は、そんな兄のことを完全に無視し、神久夜《カグヤ》だけに話しかける。

【……技研《ぎけん》の研究室にはね、地下があって。って、神久夜《カグヤ》ちゃんなら知ってるよね】

何故《なぜ》か痛いような笑顔だった。

【手術台みたいなところなんだ。暗くてね。でも偶《たま》に、研究長が来るときがあった。物言わぬ私になら色々言えると思ったのだろうね】

その言葉によって、神久夜《カグヤ》の脳内にある一室の情景が浮かぶ。神久夜《カグヤ》も何度か行ったことがあった。確かに手術台は存在する。だけどあそこに桜《サクラ》は行ったことがないはずなのだが。

「桜《サクラ》、どうしてそれを――？」

【ふふ、それは秘密】

桜《サクラ》は人差し指を唇に当てる。

【とにかくね、彼女の話から、私は神久夜《カグヤ》ちゃんの話もよく聞いてたよ。神久夜《カグヤ》ちゃんが頑張ってくれてることも、頑張りすぎていることもね】

研究長と桜《サクラ》。面識もないはずの二人がどこで？

【研究長も心配していたよ。彼女も色々な悩みを抱えていた――だから目の前で死んでしまって、あんなに悲しかったことはない。良《い》い人だったからね】

「え？　ちょっと待ってください、誰が死んだって？」

今の文脈だと、研究長が死んだように聞こえるのだが。

「桜《サクラ》、いくらなんでも冗談が酷すぎます。それに研究長とどこで知り合ったのですか？　ちょっと様子がおかしいですよ――いつもはこんなことしないじゃないですか！」

【本当にそうかな？】

桜《サクラ》はしかし、その甘さを受け入れない。

【神久夜《カグヤ》ちゃん、よく思い出してみて。君がいつもそうさせているように】

桜《サクラ》の言葉は優しいけれど、でも追い詰めているようにも聞こえた。その先を聞きたくないと思わせられるような。

思い出したくない。そう思った。何を思い出したくないのかは分からないけれど。

漠然とした恐怖があった。それを思い出してしまったら、ここに居られなくなる気がする。

今の幸せをすべて失ってしまうかのように。

「そうさせている、って、何をですか？」

【させているじゃない。甘い夢に浸った者に、現実を突きつけるということを】

その言葉で不安に揺れながら、神久夜《カグヤ》は下唇を強く噛《か》む。彼女の言っていることは、つまり《勇者》の中に入って、彼等《かれら》を目覚めさせることだろうか。

「で、でもそれは……皆がやってます。桜《サクラ》も、皆も……」

【……私も、そう出来ればよかったんだけどね】

桜《サクラ》のその笑顔には、どこか後悔の色が滲《にじ》んでいて。

その色に神久夜《カグヤ》は戸惑いを覚える。

【帰ろう、神久夜《カグヤ》ちゃん。難しいかもしれないけど】

「か、帰るってどこに……？　隊舎？」

【そうだとも言えるし、そうでないとも言える】

きらきらと、何かが光っている。

桜《サクラ》の周りだけがまるで別の世界のように、この家の空気から外れていた。テーブル、料理、アイス、家具、その全てと桜《サクラ》は反発し合っているようだった。

【帰れ、なんて無理には言えないよ。私は止める立場にない。だって一度《勇者》になっちゃったからね、言う権利がないよ】

「《勇者》……」

桜《サクラ》の言葉に今までで一番の違和感と恐怖を覚えた。桜《サクラ》が《勇者》になったと言ったのか？　そんな訳がない。なら目の前にいる桜《サクラ》はいったいなんなのか？

「じゃ、じゃあ、今話してる桜《サクラ》は誰なんですか？　《勇者》になったら話なんか出来るわけないじゃないですか」

【そうじゃないことを神久夜《カグヤ》ちゃんは誰よりも知っているはずだよ。《勇者》と話をしたこと、何度もあるよね。何度だって】

「……ッ、どうして……」

どうしてそんなことが言えるのか。そういう意味の問いかけだった。いや、問いかけにすらなっていなかっただろう。「どうして」という一言に、万感を込めていた。

どうして桜《サクラ》はここにいるのか。

どうしてそんな酷《ひど》いことを言うのか。

【この世界には大事なものが欠けている】

桜《サクラ》はそして、溶けかかっている空色のアイスに視線を遣った。銀色のアラザンが散りばめられているそれを。何故《なぜ》か既視感のあるその色味を。

【神久夜《カグヤ》ちゃん。貴女《あなた》は必ず思い出せる。だって君は、一度心に刻んだものは決して忘れないのだから】

・・・

刀を突き刺したところで、結局それは無駄に終わった。《勇者》特有の強い回復力により傷は容易に修復される。

《勇者》にハッキリとした攻撃意思は未《いま》だ見られない。だが薔薇《ばら》の花弁《はなびら》がまた増殖する。どうやら五分ごとに倍々に増えていくようだった。花弁《はなびら》の大きさは人の頭ほど。

東京や千葉の面積を考えると、すぐに都内は花弁《はなびら》に埋め尽くされる。それどころかこの世界でさえ危うい。

攻撃の規模は、六年前の《勇者》を遥《はる》かに凌駕《りようが》していた。三十分経過しただけでも六十四倍になるのだ。一時間も経《た》てばこの地域は花弁《はなびら》に埋まる。

せめてもの抵抗に、アズマは花弁《はなびら》のひとつを削《そ》ぐ。しかし大して意味はない。

「まだ不活性状態だ」

全員に聞こえるように彼は絞り出す。

卵の場所は分からない。肝心な時に。

どんな時よりも早く、分かっていなければならないのに。

「――なんとしても殺すぞ!!」

全員から迷わぬ応答が返って来たのが唯一の救いだ。神久夜《カグヤ》を救いたいと思う心は皆一緒だったのだから。

・・・

「必ず思い出せるって、どういうこと？　一体何を――？」

「おい神久夜《カグヤ》」

兄の声に、神久夜《カグヤ》の疑問は遮られる。

「アイス、溶けちまうぞ」

「あっ……」

そうだった。これはアイスクリームだ。溶ける前に食べなくては、と手を伸ばす。しかしその手が更に触れる寸前に、「あっ」桜《サクラ》に奪われた。

「ちょっと桜《サクラ》！　返してください！」

【絶対に駄目】

そして桜《サクラ》はなんと、空色のアイスを床に落としたのである。

彼女らしくない行為に神久夜《カグヤ》は目を丸くする。丸くして、突っかかった。

「桜《サクラ》！　どうしてこんなことを——」

「おいおい荒川《アラカワ》。そりゃねえんじゃねえの」

詰め寄る神久夜《カグヤ》の代わりに、兄がガタリと立ち上がる。

「食い物を粗末にするなよ。勿体《もったい》ないだろ？」

桜《サクラ》はそれを無視した。

神久夜《カグヤ》は戸惑う。無視なんて、桜《サクラ》はこんな不誠実なことはしない。

「ど、どうしたの桜《サクラ》？　やっぱりちょっと、変だよ」

【変なのは神久夜《カグヤ》ちゃんの方だよ……！】

桜《サクラ》のその表情を見て、神久夜《カグヤ》はぎょっとする。必死の形相だった。桜《サクラ》について本当は深くは知らない神久夜《カグヤ》でも、きっと彼女はこんな顔をしないだろうと、如実《にょじつ》に分かる顔だった。

「さ、さくら……？」

「神久夜《カグヤ》、ほら、俺のやるよ」

同じ空色のアイスを、兄は差し出してきた。桜《サクラ》が即座にそれを奪おうとしたが、今度は兄がそうさせなかった。

兄の方が桜《サクラ》より身長は高い。桜《サクラ》は兄が高々と上げたアイスに手が届かず、なんと椅子に足をかけていた。

「ちょっ、ちょっと桜《サクラ》⁉」

彼女はそんな不躾《ぶしつけ》な真似《まね》はしない。目の前にいるのは本当に桜《サクラ》なのかと、神久夜《カグヤ》は今更のように思った。

――いや、多分違う。

神久夜《カグヤ》の知る桜《サクラ》はこんな乱暴なことはしない。翠《みどり》の瞳は今や憎悪《ぞうお》と呼べるほどの怒りの感情に支配されていて、神久夜《カグヤ》は恐ろしくなった。

それほどまでに神久夜《カグヤ》から遠ざけようとしているあのアイスはなんだろう。

どうして桜《サクラ》は、神久夜《カグヤ》にあれを食べさせたくないのだろう？

妙に気になった。セピアに彩《いろど》られるこの家の中で、そのアイスだけが輝いて見えた。

兄が手渡すのと同時に、神久夜《カグヤ》は受け取る。桜《サクラ》が息を吞《の》んだ。

【――ッ駄目!!】

「駄目じゃない」

兄の声は先ほどまでとは少し様子が変わっていた。爆発寸前の喜びを抑えているような。

「神久夜《カグヤ》。ずっとこうしたかったんだろ？　俺と食卓を囲みたいって、そう思ってたんだよな」

ふわふわしたような兄の言葉に、神久夜《カグヤ》は酔っていく。自分が何をしているのかが段々わからなくなっていく。

一度感じたことのあるような、そんな感覚だった。けれどあの時とは違っていて、ここにいるのは兄が一人。

「それを食べろ。それがお前の夢だったなら――」

桜《サクラ》が何か叫んでいたが、神久夜《カグヤ》の耳には入っていなかった。

悲痛な言葉を横に、神久夜《カグヤ》はアイスを口にする。小さく口を開けて手を動かす。溶ける寸前の空色と銀色のアイスは、神久夜《カグヤ》の口に無事収まった。

「……？　あれ？」

何かが、カチリと書き換わった気がした。

どうして桜《サクラ》がそれほどまでに狼狽《うろた》えているのか分からない。疑問に思うほどには、そのアイスは美味《おい》しかった。

爽やかな味だ。それでいてどこか悲しさを思わせるような、哀愁を覚えるような、切ない味だった。甘味も苦味もあって一言で表すことは出来ない、そんなアイスだった。

（でも、なんでだろう）

何か、とても大切なものを喪《うしな》ったような。取り返しがつかないところに来てしまったような。

そんな感覚がした。

桜《サクラ》は激昂《げきこう》していた。そんな彼女を、神久夜《カグヤ》は靄《もや》がかかったような頭で見る。桜《サクラ》は兄に、まるで般若《はんにゃ》のような面持ちを向けている。

「桜《サクラ》……そんなに食べたかったんですか？　大丈夫ですよ、また買ってくればいいんですから」

そういう問題じゃないのだろうことは予想出来たけれど。

そして桜《サクラ》は、やはり、アイスを食べられたことにショックを受けている様子ではなかった。

【私はもうそっちに行っちゃったんだ】

桜《サクラ》は泣いていた。彼女が泣く姿を初めて見て、神久夜《カグヤ》は自分が取り返しのつかないことをしたのだと思い知る。

【けれど神久夜《カグヤ》ちゃんには、そうなってほしくなかった……！】

風が舞う。そよ風が家の外に現れて、それはすぐに嵐となり、竜巻となり、この家を揺るがす。それなのに一切の揺れを感じない。オズの魔法使いの冒頭のように、この家ごと吹き飛んでしまいそうな気がした。

十六　覚醒

《勇者》が動いた。

薔薇《ばら》の花弁《はなびら》は既に校舎の敷地《しきち》を覆い尽くしていた。あと数分もすればその全てが倍化する。単純に考えて敷地《しきち》の二倍分、それだけでも相当な被害だ。

花弁《はなびら》はまるで生きているかのように蠢《うごめ》いている。何かを求めるように、空に、地に、目の前に。足りない何かを求めるように、段々と増えていく。

死者も出るだろう。花弁《はなびら》は体積があるから、多くは圧死する。

そんなことには絶対にさせない。ひと薙《な》ぎで花弁《はなびら》をいくつも削《そ》いでいきながら、アズマは奥に向かおうとする。

再び花弁《はなびら》を裂こうとしたとき、蔓《つる》がアズマの腕に巻き付いた。まるでそこからアズマを引き離そうとするかのように、幾重もの蔓《つる》が彼を襲う。その全てを一撃で斬り伏せ、アズマは確信する。今から自分が向かう方向にあるのが卵だ。

当然ながら、卵はかなり厳重に護《まも》られていた。

というより、卵を中心として《勇者》が出現している。周囲は幾重もの茎やら葉やら花弁《はなびら》が纏《まと》わりついていて、アズマでなければそこに存在することも分からなかっただろう。

「……ッツ」

卵に一歩近付くごとに蔓《つる》はこちらを止めようとする。脚に絡《から》まった蔓《つる》を力ずくで引き千切り、彼は一歩一歩着実に、カグヤに近付く。

「待ってろ。本当の化け物になる前に」

必ず。

最早《もはや》アズマの全身に蔓《つる》が巻き付いていた。そこにある花弁《はなびら》の全てがアズマの方を向いている。責め立てるように。睨《にら》み付《つ》けるように。

こんな状態では刀を満足に振ることも出来ない。それでも彼は切っ先を向けた。刀は刀身が見えなくなるほどに巻き付かれている。

「……だいぶ嫌がっているみたいだな」

拒絶。理想への迎合を邪魔する者への。

まずはその蔓《つる》を切り捨てねばならない。彼は刀の角度を変えることで、遊びなく巻き付いている蔓《つる》に切り込みを入れ、そこから一気に引き千切った。千切る傍《そば》からまた新しく巻き付いてくる、その前にまた切り込んでいく。繰り返せば卵に近付く。

視認出来るほどの距離に近付けば、うっすらと音が聞こえ始めた。

「……」

卵の音は、とても聞き覚えがあるものだった。

かつてはその音を目印に彼女を探し出した。一番近くで聞いていた。はじめは忌々《いまいま》しかった
その音も、やがて彼女のもう一つの心臓のようにも思えて。覚えてしまうほどに聞き続けた、
その音が。

その音を。アズマは止めるべく歩く。

「本当は、話したいことがあった」

周囲には誰もいない。

「俺は愚かじゃない。本当は分かっていた。俺のこの気持ちがなんなのか」

だからこそ彼は最期《さいご》の一言を発そうとする。小回りを意識して刀身を直《じか》に持ち、血が流れるのを知りつつも、鼓動を発する卵に肉薄。

「──ッ!!」

大きく咲く薔薇《ばら》の蔓《つる》が、アズマを捕らえる。既に《勇者》に堕《お》ちてしまった彼女の、その腕が。彼を。

《勇者》としての本能に従って、神久夜《カグヤ》は彼の腹にその触手を突き立てた。

「──ガッ」

しかしそれに意味はない──アズマは六年前の《勇者》に既に適合してしまっているので、そんなことをしてもただ死ぬだけだ。

先日、犬の《勇者》に開けられた穴とは比較にならない大きさの穴が、アズマに開いた。

空気が凍りつく。コユキが、リンドウが、ハルが、その穴を見ている。

ひゅーひゅーと、息にならない何かを吸っては吐いた。血は慄《おのの》くくらいに流れ落ち、触手を伝い《勇者》にも鮮血を浴びせる。

一目で――手遅れだと分かる姿だった。アズマもそれを自覚した。

視界はぼやけ、歪《ゆが》み、目の前の《勇者》の姿すら怪しくなっていく。

刀が手から滑り落ちた。他の武器も取り出せない中、アズマはそっと左耳に手を遣《や》る。

十字架だった。そこには妹の形見でもある、そしてかつて神久夜《カグヤ》が自分を助けるきっかけにもなった、十字架型のピアスがあった。

引き千切る。耳が軽く出血する。純銀のピアスはアズマの血に赤く彩《いろど》られ、今ここにある何よりも美しかった。

そのピアスをそっと、己を貫く触手に向ける。

「神久夜《カグヤ》」

彼女に伝えなくてはならなかった言葉があった。伝えたいと思っていた気持ちがあった。

もう二度と伝わることがないからこそ、最期《さいご》に言いたい言葉があった。

「……好――」

命と共に吐き出された言葉は、しかし最後まで届かない。

伝わらないからこそ言うことの出来た、中途半端《ちゅうとはんぱ》な告白を最後に。ゆっくりと、笑えるような遅速でピアスを突き立てて。

その瞬間、意識とともに身体《からだ》から全ての力が抜けた。

・・・

「……っ‼」

桜《サクラ》が泣き始めたのと、ほぼ同時だった。

どしん、と世界が揺れた。映画のスクリーンが歪《ゆが》んだように、見ているもの全てが歪《ゆが》んでいく。同時に喉を、強烈な熱が襲った。

桜《サクラ》もそれに気付いたのか、はっと顔を上げる。その瞳に一筋の光が宿っているのを、神久夜《カグヤ》は見た。――しかしそれだけではない。

「今……何か、声が……？」

声がしたような気がした。なんと言ったかは分からなかったけれど。

【神久夜《カグヤ》ちゃん‼】

桜《サクラ》は神久夜《カグヤ》に近付き、両肩を強く摑《つか》む。痛むほどに。

【まだ希望はありそうだ――思い出して、今すぐに‼】

「お、思い出すって、なにを……？」

【神久夜《カグヤ》ちゃんが今まで経験した、話をした、全てのものだよ】

そこに兄が介入した。

「おい荒川《アラカワ》。外は随分ひどい嵐みたいだぞ。そろそろ帰ったほうがいいんじゃないのか？」

桜《サクラ》はそれを無視した。あくまでも神久夜《カグヤ》だけを見ている。翠色《みどりいろ》の瞳に神久夜《カグヤ》は、悲し気なそれを重ねてしまう。かつて同じような瞳をこちらに向けたことがあるのだと確信にも似た感情を持った。

声が――

【――】

遠くから聞こえてくるような、それでいて自分の内部から聞こえてくるような声でもあった。

――そうだ自分は、あの声の主に心当たりがなかっただろうか。

火傷《やけど》しそうな喉の熱は、次第に体中に広がっていく。それと同時に、神久夜《カグヤ》の中に一人の少年の像がぼんやりと浮かぶ。

いつの間にか周りの風景が変わっていた。空気の匂いが変わり、目の端に映る色が変わる。人が少ない、殺風景な食堂。ふわりと香るのはA定食。

「……え」

家にいたはずなのに、何故《なぜ》か神久夜《カグヤ》は技研《ぎけん》の食堂にいた。桜《サクラ》と二人だった。

あの時の再現だ――と神久夜《カグヤ》は察した。技研《ぎけん》の食堂で、神久夜《カグヤ》がカローンへの異動を命じられたあの時だ。隊長の桜《サクラ》が話しかけてきたのである。

その時のことに思いを馳《は》せた。確か喧嘩《けんか》になったのだ。お互い反発し合って。互いの主義を認められるようになったのは少し経《た》ってからだった。

（……喧嘩《けんか》？　桜《サクラ》と？）

己の記憶に違和感を覚える。桜《サクラ》と喧嘩《けんか》をしたような思い出がなかった。そもそも、何故《なぜ》喧嘩《けんか》をするのか心当たりがない。

じんじんと、胸が熱くなっていた。火傷《やけど》しそうだ。心臓のあたりにまで熱が広がっているらしい。まるで熱が出ているかのような眩暈《めまい》と気持ち悪さが彼女を襲う。

記憶を深掘《ふかぼ》りしていく。そう、喧嘩《けんか》をして。互いに意見が合わなくて。けれどお互いにぶつかっていつか、主義を認められるようになった。

どうしてだったか——そう、誰かが《勇者》になったのだ。その《勇者》の精神世界に入って、神久夜《カグヤ》は《勇者》に精神世界があることを知った。

一面の花畑。優しい母親の顔。母親に縋《すが》る少女の名は。

——その名は。

「桜《サクラ》……貴女《あなた》……」

桜《サクラ》は困ったような、どこか諦めたような視線で笑う。桃色の髪がさらりと振れた。

桜《サクラ》は《勇者》になったのだ。そしてかえってこなかった。

すべてのピースが面白いように嵌《は》まっていった。意見をぶつけ合った隊長とは誰か。桜《サクラ》が《勇者》となったあと、誰とどんな話をしたのか。誰の心を垣間見《かいまみ》たのか。誰の命を救い、救われ、約束をしたのか。誰に涙を見せたのか。誰と、パフェに行く予定だったのか。

【来たよ】

優しい彼女の声に顔を上げる。

同時に食堂に、わっと人が増えた。

【あの時と一緒だね。私が来て――あいつは後から来たんだった】

ひとりの、銀色の少年が歩いてきていた。

人間の顔立ちに興味がない神久夜《カグヤ》でも整っていると分かるほどの少年だった。左耳には銀の十字架。空色の瞳は鋭く、神久夜《カグヤ》を射抜いている。

「あ……」

覚えがあった。確かに覚えている。初対面ではない。かつて同じ状況になったことがあった。

少年は神久夜《カグヤ》の前に立ち、何も言わなかった。

全身に熱が回る。頭のてっぺんからつま先まで、蒸されたように熱い。

「……あの」神久夜《カグヤ》は必死に言葉を絞り出す。ひどい頭痛と眩暈《めまい》で泣きそうな声で。

「お名前を、伺ってもいいですか」

少年は鋭い眼《め》のままこちらを見返す。

「――リ」

一度目は聞こえなかった。神久夜《カグヤ》は最早《もはや》立っているのすら苦しかった。桜《サクラ》は助けてはくれない。反応が出来なかった神久夜《カグヤ》に、少年は言い直す。

その名を。

「――アズマ・ユーリ」

すべてを風が包んだ。この世界の全てが書き換わっていく。戻っていく。己の魂が変質していくのが分かる。激しい頭痛に意識を失いそうになった彼女は、周りの景色が「飛んでいく」のが見えた。いや、彼女が落ちているのだ。飛行機から落ちるかのように、技研《ぎけん》の食堂から落ちていく。暗闇のなかに。

・・・

リンドウやコユキ、ハルの呼び声に、アズマは意識を取り戻す。

銃声。あっという間に触手は焼き千切られ、アズマはそのまま地面に落ち、そしてリンドウに受け止められた。

しかし自分はきっと、もう駄目だ。

(託す、しかない)

しかしリンドウとコユキとハルだけでは、すぐに決着をつけるのは難しいだろう。東京は犠牲になるかもしれない。

それでも諦める理由にはならない。彼女が教えてくれたのだ。

「――こゆ、」

声の代わりに出たのは、ごぽりという血の塊。おそらく肺がやられたのだ。呼吸が苦しい。

「アズマ!!」コユキがすっ飛んでくる。そんな彼女を、アズマは邪険に追い払う。

「いいがらっ……もう助からな……」

いいから行け。もう助からない奴《やつ》のことなんか気にするな。

それは普通に聞けば、神久夜《カグヤ》という《勇者》はもう救われないのだから、気にせず殺せと、そういう意味に捉えられただろう。しかしコユキは正しくそれを受け取っている。アズマはもう助からないのだから、神久夜《カグヤ》を先に殺してやれと。

「ッ……!」

コユキもそれには反論出来ず――つまりはアズマがもう助からないことを否定出来ず、悔しそうな顔をしてくるりと踵《きびす》を返《かえ》す。

一方のアズマは、死に損ないでも最期《さいご》まで戦おうとした。

刀を拾い、彼は、ごぽりと血を吐きながらも、笑えるほどの遅速の歩みで花弁《はなびら》の奥へと踏み込む。右脚から。増殖し続ける花弁《はなびら》の一部を空間ごと必死に斬り捨てて、その奥に無限に存在する花弁《はなびら》を、命を削りながら斬り捨てる。どれだけの傷を負っていても、ひと薙《な》ぎで五つもの花弁《はなびら》がはらりと削《そ》がれる。回復する前に前進。

そして彼は、到達する。近付いて、耳がその音を捉える。

篠原神久夜《シノハラカグヤ》の《勇者》の卵。目の前に在る。

・・・

神久夜《カグヤ》が落ちた先は彼女の知らぬ——いや知っている場所だった。

何故《なぜ》か懐《なつ》かしいような空気だった。音も匂いも覚えていた。その情景を神久夜《カグヤ》は少し離れたところから見つめていた。

遠くで誰かが言い争っている。

赤い雨が降っていた。鉄錆《てつさび》の臭いがする雨が。

なす術もなく雨に打たれる中、カグヤは声を聴く。誰かが言い争っている声を。

「この野郎、待て！　まだカグヤが目を醒《さ》ましてないだろ！」

誰かが叫んだ。

「ふざけるな、こいつが——」

また別の誰かが。

「この子はまだ間に合う、間に合うんだよ！　やめろ！」

最初に叫んだ誰かが、叫び返す。黒々とした大きな背中が、倒れた自分を庇《かば》っている。

振り返ったその顔は、栗色《くりいろ》の髪と薄紫の瞳を持つ少年だった。

彼の近くに、数人の人間がいるのを視界で捉えた。

「……兄さん」

声は続く。深層心理に宿っていた記憶が呼び起こされる。

「どうして神久夜《カグヤ》なんだ」と、兄は険のある声音で問う。

「もともとは俺だ。《勇者》の内部に入れるのは俺だけだ。狙うなら俺のはずだ」

その相手は何かを言った。それは神久夜《カグヤ》の深層心理に記録されなかったのか、純粋に聞こえなかったのか、不明瞭なままだ。しかし、それに対する兄の言葉ははっきりと聞こえる。

「分かった。それなら俺が代わりに行ってやる」

代わりに――

神久夜《カグヤ》の記憶は緩く覚醒していく。代わりに。

「代わりにモルモットになってやる。だからカグヤには手を出すな」

兄が何を言っているのか、言おうとしているのか。カグヤは直感した。再び浮かび上がった記憶がそう訴えていた。

「何も分からないからって、失敗したからといって」

兄の声はおそろしいほどに低く、何かを恨んでいるような、それでいて恐れるような、そんな声音だった。

「だからって新しい《勇者》を造ろうなんざ、馬鹿げてる」

その記憶を、神久夜《カグヤ》はどこか遠いところから見つめていた。あのとき本当にあったことを。その真実を。

兄が自分の代わりに第一技研《ぎけん》に行ったという真実を。

酷《ひど》い頭痛がしていた。この世のすべてを恨みたくなるほどの、内側から引き絞られるような痛みだった。その痛みと共に、神久夜《カグヤ》の中に様々な記憶が蘇《よみがえ》っていく。

その記憶では本当はありえない、このまやかしの正体も。

「――《勇者》に」

息も絶え絶えに。

「成ったのですね、私は」

深呼吸。呼吸と心拍を整える。とても難しかったし、多分不可能だろうけれど、それでも落ち着こうと努力した。

それに答えるような声がする。男性の声。

【ああ、そうだ。お前はもうこちら側に来た】

そんな神久夜《カグヤ》の努力を無為にするかのように。聞き知った声を耳に捉え、神久夜《カグヤ》は振り返る。

そこにも兄がいた。

二人の兄が、神久夜《カグヤ》の前で。いつか見たような光景だった。

しかし今度は、どちらが《女神》であるかという選択は必要ない。目の前で微笑《ほほえ》むこの兄が、《女神》だ。

決着をつける必要がある。神久夜《カグヤ》はそう感じ、その兄と正面から向き合う。

「……兄さん」

兄はにこりと笑った。

【よく来たな、神久夜《カグヤ》。もう大丈夫だ。これからは辛《つら》い思いなんてしなくていい。ずっと俺と一緒だ】

つい安心してしまいそうなほど、その笑顔は眩《まぶ》しかった。とても兄らしくない顔。明らかに不自然なのに、《女神》はそれを気にしている様子はない。

完全に神久夜《カグヤ》を取り込んだと、そう思い込んでいるからだ。

そんな兄は、神久夜《カグヤ》の反応が気に入らなかったのか、目の奥に少しだけ粗暴さを覗《のぞ》かせる。

【なんだ、あんまり嬉《うれ》しそうじゃないな？】

「……うん」

神久夜《カグヤ》の胸中は、いまや一言では表せないものになっていた。勿論《もちろん》このまま《勇者》になるのが嬉《うれ》しいわけがない。けれど、「嬉《うれ》しい」という気持ちをきっぱり拒絶することも出来なかった。

「嬉《うれ》しいとか嬉《うれ》しくないとか、そんな簡単なものじゃないの」

目の前にある甘い理想に、縋《すが》ってはいけない。

その理想の中に堕《お》ちてしまったとしても、それを是としてはいけない。

けれど目の前に在るそれを、カグヤは否定したりはしない。

「懐かしい、かな――言うとしたら、さ」

ここに居てはいけない。ここは過去の自分から《女神》が作ったただの映像だ。

それでも、辛《つら》い感情は抱かなかった。

「アイスをくれてありがとう――嬉《うれ》しかった。たとえそれがまやかしでも」

【……そうか】

兄は神久夜《カグヤ》の返答を半ば予期していたように笑った。

【だが、いいのか？　神久夜《カグヤ》。現実に戻っても。もうお前は嫌なんじゃないのか。一人で耐え続けることに。目が覚めれば、他の奴等《やつら》はまたお前を頼るぞ。お前がどれだけ擦れて削れようと、あいつらは意にも介さないだろう。いいのか？　それでも】

「……ううん」

首を横に振る。

「皆はそんなことはしない。それに、もしそうなったとしても――私だってもう向こう見ずでも命知らずでもない。あまりに辛《つら》かったら逃げる道だってある。私はもう、《勇者》と心中する道は選ばないよ」

それに、と神久夜《カグヤ》は追述する。

「それにアズマさん達も、それを望んでいないと思うから。だから私は大丈夫」

【本当にそう思うか？】しかし兄は、こちらを誘うような悪辣な笑みに変わった。

兄らしくはない、しかし《女神》らしい表情ではあった。

【そいつらのことをお前はどれだけ知っている？　つい最近知り合ったばかりの相手だろう。しかも環境は全く違うんだ――】

神久夜《カグヤ》の理想を覗《のぞ》き見た《女神》は、神久夜《カグヤ》が無意識に考えていたことまで言語化する。

【当然だが、《勇者》と戦う方があいつらにとっては優先事項だ。そこにいるとお前は潰されるぞ。一度昏睡《こんすい》したように。一度やった者は何度でも同じことをする】

一度彼女は、潰れかけた。だが兄の言葉は全てが真実ではない。

兄はアズマたちのことを何も知らない。

「兄さんには、分からないよ。アズマさんたちのことは」

神久夜《カグヤ》はひとつひとつ、慈《いつく》しむように言葉を繋《つな》げていった。

「アズマさんは――アズマ・ユーリ大尉は、少しムカつくところもあるけど本当は凄《すご》く優しい方。コユキは、きっと誰よりも情に厚《あつ》い友達。リンドウさんは、ぶっきらぼうだけど仲間思いで。タカナシ少尉は、自分の主義を大切にして戦っていける強い人」

神久夜《カグヤ》は彼等《かれら》とまだ数か月しか過ごしていない。彼等《かれら》のことを全て知っているわけではないが、それでも神久夜《カグヤ》は確信を持って言える。彼等《かれら》と一緒にいて、自分は確かに幸せだった。

「だから私はあそこに還《かえ》りたいと、そう思うんだ」

【……そうか】

兄は一度、優しい声で笑って。

【酷《ひど》い女だな】

突然声音が変わった。同時にその表情に気付いて、神久夜《カグヤ》は硬直する。

それはまさに、怨恨《えんこん》。こちらをきつく睨《にら》み付《つ》けたまま、低い、低い声で。

【俺はお前のせいで《勇者》になったんだぞ。俺を《勇者》にしたのはお前だ――】

そして兄は、独白する。

【俺は正真正銘、お前の兄だ。この意味が分かるか？　俺はあの時からずっと一人で彷徨《さまよ》っていた。お前のせいだ、神久夜《カグヤ》】

お前が。

【お前が《勇者》なんかになったから。俺はこんな姿になってるんだ。お前はなんとも思わないのか？　せめてこっち側に来るのが最低限の償いってものだろ！】

「あ――兄、さん……」

神久夜《カグヤ》はひとつ思い違いをしていた。

目の前にいる兄は本当に彼女の兄だったのだ。記憶や自我や意識は最早《もはや》存在しない。《女神》となった兄が、兄自身の記憶から兄の人格を演じているだけだ。

それでも神久夜《カグヤ》にとっては動揺する事実だった。

目の前にいるのは本当の兄だ。探していた兄が。目の前に。

【六年前——俺は《勇者》にされたんだ。あの第一技研《ぎけん》の奴等《やつら》にな】

「……！　兄さんが……六年前の⁉」

【お前の代わりになったんだ。お前を連れて行こうとするあいつらに、代わりに俺が——】

六年前の《勇者》は兄だった。その事実に、神久夜《カグヤ》は一歩後退《あとずさ》る。

【悪いと思わないのか？　俺をこんな姿にしておいて、お前だけは助かるつもりなんだな。俺のことがそんなに憎かったのか？　俺はお前のことを——】

【——止めな】

女性にしては少しだけ低い声が、その呪いのような言葉を遮る。

目の端に映る桜《サクラ》色。隣に立つ少女。

桜《サクラ》だった。しかし隊服ではない。着ているものはワンピースだ。神久夜《カグヤ》が見届けた桜《サクラ》の死の、そのままの姿。

しかし今の桜《サクラ》は、あの時のすべてを諦めたような、哀《かな》しい笑顔ではなかった。神久夜《カグヤ》のよく知る、頼りになって溌剌《はつらつ》な、そして少しだけ好戦的な笑顔だった。

【もう君は、神久夜《カグヤ》ちゃんのお兄さんじゃない。お兄さんのフリをしてるだけ。いつまでも姑《こ》息《そく》な真似《まね》をするな】

そうだ、と神久夜《カグヤ》は続けて思う。そうだ、目の前にいる彼は神久夜《カグヤ》の兄じゃない。

そのフリをしているだけだ。

神久夜《カグヤ》を陥《おとしい》れるためだけに、神久夜《カグヤ》の記憶や兄の記憶を利用している。それは――もうこの世に意識が残存していない兄の尊厳を蹂躙《じゅうりん》しているということだ。

「そう、兄さんはそんなこと言わない――」

瞬間的に湧いた怒りのままに、神久夜《カグヤ》は叫ぶ。

「――お前が兄さんの何を知ってるの。アズマさん達の何を知ってるの？　知ったようなことを言わないで」

周囲の光景がふっと消える。暗闇だった。右も左も上も下もない、純粋な暗闇に、神久夜《カグヤ》と桜《サクラ》と兄だけがいた。一寸先も見えないような暗闇の中、その三人だけが浮いている。

その彼等《かれら》を前に、神久夜《カグヤ》は啖呵《たんか》を切る。自分に言い聞かせるように。

「――私の結末は私が決める。私は《勇者》になんてならない、絶対に人間に戻る、そして」

そして。

その途中、研究を目指したそもそもの理由が頭を過ぎり、その時と同じだけの情熱が胸に去来した。神久夜《カグヤ》は、《勇者》を人間に戻すためにこれまで戦って来たのだ。

兄が《勇者》になったのは結局は誤解だったが、その時の気持ちは今でも覚えている。

その気持ちは桜《サクラ》の《勇者》化で強くなり、強固なものになった。

もう誰も。悲しませたくない。

「そして——今も戦っている皆を、アズマさん達を、絶対に絶望なんかさせない」

暗闇の一部がパキリと割れた。神久夜《カグヤ》と兄の間に何か、決定的な亀裂が走った。

【へえ。じゃ、俺はどうなる？】

兄の表情が歪《ゆが》む。

【死んだ奴《やつ》はどうでもいいのか。神久夜《カグヤ》。思い出せよ。俺達は決して、仲が悪いわけじゃなかった。そうだろう】

「そうだね。でもそれは、記憶の中の兄さんだから」

兄は亀裂の向こうから神久夜《カグヤ》をじっとりと睨《にら》んでいる。神久夜《カグヤ》は一抹の寂しさを覚えながらも、これでいいのだと思った。

兄はもう故人だから。生きている人を優先したい。

きっとアズマもそう言うだろう。

「だからごめん、兄さん」

理想を拒絶し、神久夜《カグヤ》は宣言する。

「私は還《かえ》る。皆の元に。化け物になる前に、アズマさん達がいる、その光の奥に」

そのときだった。

どしん、と再び世界が揺れる。同時に世界の一角がまたはらりと崩れた。そこから何かが覗《のぞ》いている。奥から見える光が強くなる。何かが壊れようとしていた。

ぱらぱらと暗闇の欠片《かけら》が落ち、ちょうどその下にいた兄の姿が見えなくなった。声だけが聞こえる。蟲《むし》の唸《うな》り声のような、醜い、実に悔しそうなその声が。

打って変わって、桜《サクラ》の声はどこか愉《たの》しそうだった。上を見上げて口角を上げる。

【性急だなあいつも。女の子を待てない男はモテないよ】

「桜《サクラ》、これって……」

【大丈夫だよ神久夜《カグヤ》ちゃん。まだ間に合う。本当に一瞬だけれど、あっちの世界とこっちの時間の流れは違うからさ】

おそらくはアズマが卵を貫こうとしているのだろう。それは感触で分かった。

神久夜《カグヤ》は先ほど、現実に還《かえ》ると言った。しかしそれは不可能だ——神久夜《カグヤ》は完全に《勇者》側に堕《お》ちた。あとはアズマに介錯《かいしゃく》されるのを待つだけだ。

だが考えるのは止めない。必ず方法はあるはずなのだ。たとえ茹《ゆ》で卵《たまご》を元の卵に戻すようなものだとしても、それでも諦める理由にはならない。

どうして人間が《勇者》になるのか。

そのきっかけは？　人が死ぬときに、いったい何が起こる？

死には三種類ある。肉体の死、忘却による死、そして精神の死。忘却による死は別問題として、肉体の死か精神の死か。

（でも、これまで《勇者》になる直前で戻って来た子達は、皆肉体が復活していた）

《勇者》とは、瀕死《ひんし》になった者が《女神》に誘われてなるものだ。つまり、その時点で少年少女は既に瀕死《ひんし》の怪我《けが》を負っているのである。人間に戻ったところで、数秒後に死ぬだけだ。

それなのに彼等《かれら》は死なない。つまりトリガーは、肉体の死ではない。

（精神の死──人間が《勇者》になるのは、精神が死ぬときだ）

精神の死により、人間は《勇者》になる権利を与えられる。そうして《女神》の手を取ったら最後、魂は本当に死に至り、戻れなくなる。

（私の魂は既に彼岸に頭の先まで浸《つ》かってしまっている）

今の神久夜《カグヤ》は既に死人と同じだ。

死者を蘇生《そせい》することは出来ない。けれどそれが精神であれば。魂であれば？

方法はひとつだけ心当たりがあった。

「賭け、ですね」

人間が《勇者》となる原因は精神の死。ということは、死んでしまった精神を再び甦《よみがえ》らせればいい。けれど一度死んだものを蘇生《そせい》させることは出来ないから──

だから、再構築を行えばいいのだ。

精神の再構築。一度死んで、再度作り直す。

「桜《サクラ》。刀を貸してもらえますか」

本来は桜《サクラ》が佩刀《はいとう》しているはずのないものだ。

【刀？　何に……】

「私はこれから、私自身の再構築を行います。そのためには、一度破壊のプロセスをはさまなくてはなりません。そう――私の手による、私の破壊です」

【⁉　神久夜《カグヤ》ちゃん、それって……】

そのために神久夜《カグヤ》が考えた方法は、精神世界で死ぬこと――つまり自殺だった。

衝撃的な言葉だったはずだ。だが桜《サクラ》はそれ以上何も言わずに、佩刀《はいとう》していた刀を渡してくる。

ずっしりと重い刀。軽く振れるようなものではなかった。

その刀を神久夜《カグヤ》は苦労して抜き、未《いま》だ熱を持つ己の喉に当てる。

【凄《すご》いね。怖くないの？】

「怖いですよ」

自分の喉を貫こうと、どうにか苦闘しつつ、神久夜《カグヤ》はやはり、研究長は自殺などではなかったと確信する。

「もし違ったら――って思うと背筋が凍ります。それにこの仮説が合っていても、私は確実にここで一度死ぬことになる。次に目を醒《さ》ましたときの私は、私じゃなくなっているかもしれない。私という自我はここで消滅して、目が覚めるのは私の姿をした別の何かかもしれない。でも、やらなくちゃいけないんです」

この世界を終わらせるには、この世界を創った自分でなくてはならない。

だから――

柄《つか》に手が届かないから、刃を直接手に持つ。鋭い痛みとともに血が流れ、刃を伝って神久夜《カグヤ》にその血の一滴が届いた。

「ありがとう、桜《サクラ》」

力を込める直前、神久夜《カグヤ》は桜《サクラ》の方を見て笑った。

「桜《サクラ》がここに来られたのは、アズマさんがクロノスを使ったからですね。だからここに出ることが出来た」

【流石《さすが》、賢いね、神久夜《カグヤ》ちゃんは】

朗らかに笑う姉のような桜《サクラ》。カグヤはそっと寄り添った。

「ごめんなさい。気付いて――あげられなくて」

【仕方ないよ。私の方こそごめん。なんだか色々と、背負わせちゃったみたいだね】

「ううん。桜《サクラ》がいたからきっと頑張れたんです。また会えて嬉《うれ》しかった。ありがとう、桜《サクラ》」

【私も――神久夜《カグヤ》ちゃんに会えてよかった。大丈夫、きっと貴女《あなた》は人間に戻れる。戻りたいと

思えたんだから、きっと戻れるよ】

「……ッ」

【泣かないの。戻れるんだよ？】

その言葉にカグヤは笑みだけで応える。

【私の分まで幸せになってね、神久夜《カグヤ》ちゃん】

「……最後まで優しいですね。桜《サクラ》は」

【そりゃあね。大事な仲間だから。それに、神久夜《カグヤ》ちゃんが頑張ってるの、ずっと見てきたからね。——だから】

さよなら。今度こそ永遠に。

【幸せになりなよ。……さよなら】

さよなら。神久夜《カグヤ》もそう呟《つぶや》いて。

ぐちゅりと嫌な音を立てて、神久夜《カグヤ》の白い首に刃が突き刺さった。

・・・

「――!!」

拍動。

「な……!!」

死の淵《ふち》にいたアズマは無理にでも飛び起きざるを得なかった。

卵の「音」が変わった。刺し貫こうとする直前、音が明らかに変わったのだ。

そして収縮。《勇者》の姿が、まるで動画の逆再生のように収縮していく。花弁《はなびら》が萎《しお》れ落ち、増殖を止《や》める。

慌てて彼は、最後の力でもって腹を貫いている触手を本体から切り離す。辛《かろ》うじて出血を抑えている触手まで一緒に収縮されたら堪《たま》らない。

開いた花弁《はなびら》が徐々にひとつに収束していく。これも攻撃のひとつかと思ったが、《勇者》がある輪郭を取り始めてからアズマは呆然《ぼうぜん》とした。

倒れている女性――カグヤの姿に。

花弁《はなびら》は彼女の喉に吸い込まれていき、数秒もせずに消滅。その他の変化もなくなり、外見上は元の人間の姿に戻った彼女を前に、アズマは必死で立ち上がる。

「これは……⁉」

《勇者》が人間に戻った——そう、見えた。

「いや、だってもう、手遅れだっただろ⁉　何が」

攻撃性を示していたのだ。カグヤが居ない以上、攻撃をやめさせることも出来なかったはずだ。これも《勇者》の攻撃の一種か——そう思った全員の前で、
彼女は、
目を、開いた。

「カグヤ……」

と言いつつも彼は必死の思いで立ち上がる。流血が加速したが構っている暇などない。相手が人間に戻ったという保証がない。これも《勇者》の攻撃の一環の可能性がある。

目が覚めた彼女は、全員が己に攻撃をしようとしている、その光景を呆然《ぼうぜん》と眺めていた。慄《おのの》きもしない様子にアズマは舌打ちを堪える。

普通の人間ならば、目が覚めた瞬間にこんな状況で瞬《まばた》きもしないはずがない。

「……この期に及んで」

相手は《勇者》だ。そう断じてもう一度、必死で刀を向けたその時だった。

「わたしは」と、彼女が声を絞り出したのは。

「わたしの名前は、シノハラ・カグヤ」

そして彼女は──つい先ほどまで向けられていた殺意など意にも介さず、起き上がろうとする。彼女の血は止まっていた。血は流れていたが、裂傷程度にまで回復している。

今のカグヤがどういう状態なのか、アズマにも分からなかった。彼女は完全に《勇者》に堕《お》ちていたはずだから、人間に戻るということは──在り得ない。

緋色《ひいろ》の髪が彼女の頬に緩くかかって、その顔は見えない。そしてアズマは、あることに気付き目を見開いた。

(音が、聞こえない)

身の内にあるはずの《勇者》の卵の音が、しなくなっていた。

「カグヤ……?」

名を呼んだことで、彼女がアズマの方を見た。

彼女はアズマのその様子を虚ろな瞳に映している。ここではないどこかを見ているようで背筋が凍る、そんな視線。

そんな彼女が最初に発した言葉は。

「──兄さん」

中空に向かって発せられた。その視線の先にいるのは。

《女神》がそこにいた。蜂の姿を模した、しかし決して蜂などではないもの。

「……ッ」

これまでに見たどの《女神》よりも悍《おぞ》ましい姿をしていた。そして巨大だった。

そしてその姿は、妹の姿に様変わりした。つまりは自分を誘っているのだ。勿論《もちろん》、今更そんなものに縋《すが》る彼ではない。

アズマはそして、幻覚を見る。妹の。カグヤの。サクラの。これまで見送って来た全ての仲間の姿を幻視する。その場に行きたいと、彼は一時的にでも思ってしまう。

《勇者》にされるのだと直感した。当然、この期に及んでそんなことはさせない。拒絶しようと一歩、背後に移動しようとした彼に、カグヤはそっと話しかけてきた。

「アズマさん、私は貴方《あなた》を諦めない」と。

「大丈夫、貴方《あなた》は必ず助かる」

何を、と声に出そうとして、また血の塊を吐く。

失血死一歩手前だった。身体《からだ》の血の一割ほどがすでに流出しており、意識を保っているのが自分でも驚くくらいなのだ。死は最早《もはや》確定している。あとは「どう死ぬのか」それだけだ。

本当に体力を使いながらカグヤの顔を見上げて、そしてアズマは、首を横に振る。

「駄目――だ」

たったそれだけの言葉を発するだけでも、全身の力を引き絞らなければならなかった。

「おれ、は」

もう助からない。

だがもう一つ、どうしても伝えなければならないことがあった。

それは——カグヤのせいではないということ。

自分が死ぬのは、カグヤの意思ではないということ。

それだけは伝えなくてはならないのだ。カグヤはきっと、アズマの死を引きずるだろう。自分のせいではないということは理解しても、彼女の性格ならば。

「あな、たの、せいじゃ——」

「そんなことは分かってます」

しかしカグヤははっきりとそれを拒絶する。

カグヤはそして、アズマの目を撫《な》でて視界を閉じる。溜《た》まる血の池の中に沈み、既に彼の視界は朧《おぼろ》げではあったが、暗闇が訪れた。その状態で、鳩尾《みぞおち》の辺りが窮屈に締められる。血止めだ。

「ミライ少佐が救急隊を呼んでくれたと思います。けれどその前に、伝えなければなりません」

何を。嫌な予感がする。

「アズマさん。私は、《勇者》を人間に戻す方法をっ——ッ!!」

そのとき、カグヤの身体《からだ》が空に飛び上がった。いや、攫《さら》われたのだ。《女神》に。

アズマは必死の思いで立ち上がろうとした。しかし、もう爪先にすら力が入らない。痛む腕だけで、無様な芋虫のように地を這《は》う。

カグヤは叫び声すら上げず、己を摑《つか》んで飛び上がった《女神》を睨《にら》み上げる。

「兄さん」

彼女が兄と呼んだ《女神》は、それに応えず上に上にと飛んでいく。まるでカグヤをどこかに連れ去ろうとしているかのように。

肉声では声が聞こえなくなった。慌てて通信を繫《つな》げる。

『ごめん、兄さん。兄さんを救うことは私では出来ない』

通信の向こうの声は悲哀に満ちてなどいなかった。決意と覚悟、そして確信。そんな声。

『だから』──

通信の向こうで音がした。カチンと、撃鉄を下ろす音だ。何をしようとしているかを知り、アズマは青ざめる。

全身の血の気が一気に引いた。つまり彼女は、上空に攫《さら》われている状態で、その攫《さら》っている相手を殺そうとしているのだ。そんなことになったら、カグヤはあの高さから落下する。

「く、あっ──」

声を上げて起き上がろうとしても、腕が動かないのだ。意識が朦朧《もうろう》としている。

アズマは今や、死と隣接している状態にあった。このまま痛みに耐えて生き続けるより、安らかな死に向かった方が楽だと──そう思えてしまうほど。少し気を抜いたら彼岸に転がり落ちてしまうような状態だった。

それでもアズマは起き上がろうとした。

血の池は彼の全身を覆っている。出血がひどい。《女神》を斃《たお》すことなど出来ないだろう。

しかし彼にはたった一つ、起き上がる理由があった。

どうせ死ぬのなら、助からないのなら。カグヤを救って死にたい。あの高さから落下すれば大怪我《けが》は必至だが、自分が下敷きになれば死は免《まぬが》れる。

(どこだ、カグヤ。どこに落ちる?)

そんな彼の気も知らず、カグヤは通信に向かって声をかける。

『アズマさん。私は。《勇者》を人間に戻す方法を見つけました』

風を切るノイズが煩《うるさ》い。それでも何故《なぜ》かはっきりと聞こえる。

『銀です。アズマさん――最初に貴方《あなた》が《勇者》になったとき、ピアスだけがどうしてか無事だった。そして貴方《あなた》は、私にピアスを刺したのでしょう。その銀の十字架を』

目線を上げれば、ちらりと光る銀色が見える。それが、自分がついさっきまで握っていたピアスだと気付いて、アズマはほんの少し訝《いぶか》しむ。いつの間に握っていたのか。

「それを刺された者から見える世界は。暗くて明るくて、寒くて暖かい。出なければならないと分かる、そういう世界です」

「なにを――」声帯を無理やり動かす。

「何を――言おうとして――」

『これまでありがとうございます。カローンにいるのはとても、楽しかった』

その言葉で予感した。彼女は。

彼女は《女神》と心中しようとしているのだ。何故《なぜ》そんなことをするのかはアズマには分からない。だが、彼女は既に諦めている。生きることを。だからこそ自分たちに託そうとしているのだと。

――そんなことは許さない。

「ま、て――カ、」

『アズマさん。貴方《あなた》が使っているその刀の中にいるのは、サクラです』

パン、と軽い銃声が響いた。同時に《女神》の悲鳴が上がり、ノイズが一層ひどくなる。カグヤの軽い悲鳴。上空では、《女神》が身を捩《よじ》っている。

撃ったが、急所には当たらなかったのだろう。それでも飛行速度と高さは落ちている。

「待て、カグヤ!!」

『だから必ず、救ってあげてください。もうきっと』

そして彼女は、呼吸を一拍置いた。荒れ狂う風の中でも何故《なぜ》だかはっきりと聞こえた。

『――きっと彼等《クロノス》はもう必要なくなる。この組織も、きっと遠くない内になくなるから』

カグヤの通信の向こうで、何か音がする。空を切る音だった。それと同時に、カグヤの声が小さく遠ざかる。より高いところに飛んだのだろう。

『アズマさんたちも――だから――』

ノイズのせいで、ところどころ声が聞こえなくなった。通信の範囲から外れたのだろう、ブツッと切れた。

上空では、金木犀《きんもくせい》の香りを放つ蜂が恐らく痛みで踊っている。その節足にカグヤは縋《すが》りついていた。そのまま《女神》の身体《からだ》に登ろうとしている。

アズマの視界は半分血で赤く染まっているが、それでも、カグヤが《女神》を落とそうとしているのが分かる。

再び銃声。二度目だ。《女神》の高度が下がり、通信が復活する。カグヤと呼ぶも、返答はない。そもそも自分の呼び声も、通信に乗っているかどうか怪しい。

このままではカグヤが死んでしまう。せっかく目覚めたのに。人間に戻れたのに。

何も出来ない今の自分が情けなかった。これでは彼女の下敷きになることすら出来ない。このまま黙って落下を眺めているだけなのかと、アズマは、一人で――

「なぁに一人でカッコつけてんの！」

――その時の、少女の叫びが全てを変えた。

コユキが立ち上がり、《女神》を狙いすましている。

「タカナシ!!　どこならいける!?」

「ちょっと待って――あと少し、三メートル！」

「カグヤ、聞こえたわね!!」

コユキは通信に怒鳴った。

「えーっと……そう羽根!!　羽根撃って！！！　三メートル降下させて！」

カグヤからの返答はない。動揺しているようだった。

「でもアサハル少尉、確かに三メートル降下すればシノハラ中尉が飛び降りられる高さになるけど、どうするの!?　そのまま落ちたら……」

「そこは大丈夫。いけるわよね、リンドウ」

「誰に聞いてんだぁ？　それは」

誰も、この場にいる誰一人として、不安には思っていなかった。

アズマは、朦朧《もうろう》とした意識を吹き飛ばして思考した。今の自分に出来ることは何か。ほとんど死にかけている自分には、彼女を受け止めるようなことは出来ない。それで死ぬのも悪くはないが、カグヤはきっとそれを望まない。

『――皆』

カグヤの声に、少しだけ涙が混じっていることに気付く。

『駄目ですよ。だって私は、――私は、』

聞いたこともないような声だった。どうしていいか分からないと、その声音が訴えている。

『兄は私の代わりに《女神》になってしまったんです』

ノイズがひどい。あまり聞こえはしなかったが、それでもアズマは彼女の言わんとしていることが分かる。

「カグヤ」

息も絶え絶えに呟《つぶや》かれたその声に、どうしてか場は静まる。《女神》の悲鳴だけが聞こえる。

「……忘れたか？」

一言しか喋《しゃべ》れないのは、肺にまで血が溜《た》まりつつあるからだ。

「それとも、見えないか」

声を発するたびに、命が流れ出ていくのが分かる。

「貴女《あなた》は人間だ。この世に生きている、人間なんだよ」

思い出してほしい。

あの病室で、アズマは言った。故人は気にするな。今生きている者を優先すべきだ。

「そのために諦めるな。貴女《あなた》自身を」

少なくとも、アズマは決して諦めないから。

「待って――軌道が変わった!!」

コユキが悲痛に叫ぶ。視線を遣《や》れば、《女神》は跳ねるように急速に落下していた。しかも、軌道が外れていて、コユキやリンドウが陣取る場所からは大分離れている。カグヤは《女神》にしがみついていたが、このまま落ちれば高確率で墜落死する。

落下予測地点は随分と遠い。リンドウが走っても間に合わないだろう。そんな状態にも拘《かか》わらず、アズマは悲観していなかった。ひとつだけ、彼女を助ける方法があったからだ。動けない、走ることなど不可能な彼に唯一、残された可能性。

【お兄ちゃん】

その可能性に目を向ける。

隣に立つ者の存在を感じる。

妹だった。こちらに優しく手を差し伸べている。この手を取れば自分は《勇者》になってしまう。そして、そう、風が吹くのだ。《勇者》になった者の周囲は例外なく風が吹いていた。

アズマの脳裏に奔《はし》る計算、風を吹かせれば元の軌道とはいかないまでも、リンドウに間に合わせることは出来る。

「……ああ、いいだろう」

アズマは迷いなく手を伸ばした。勿論《もちろん》このまま《勇者》になる気などはない。

「今度は俺が、利用させてもらう」

その手を取った瞬間。

嵐が吹き荒れた。アズマは落ちるカグヤの方を見る。落ちるカグヤの軌道が変わり、その先にリンドウが飛ぶのを横目で見て、アズマは祈るように声をかけた。

自分の生を諦めようとしているカグヤに、言い聞かせるように。

「カグヤ。俺は貴女《あなた》を信じている。だからまず初めに俺を助けてくれ。俺を元に戻せるのは貴女《あなた》だけなんだろう。なあ——」

カグヤを助けられるのもアズマだけだから。

「——そのために、死ぬな」

己の本音をカグヤに伝える。

「たとえ俺が駄目でも、次に繋《つな》げろ。そのために、貴女《あなた》は自分を諦めるな」

それが出来るのが彼女だからだ。

それだけを伝えてアズマは、己の理想の世界へと、自分の意思で誘《いざな》われる。

・・・

軌道を変えられることで落ちたカグヤは、無事リンドウに受け止められ事なきを得た。そしてアズマが《勇者》化するのをこの目で見ている——走り出そうとした彼女は、しかし、手に握っていたはずの十字架が飛ばされていることに気付いた。

青ざめて周囲を見渡して、自分からかなり遠い場所に落ちていることに気付く。しかし場所は良くなかった。

アズマが《勇者》になったときに吹いた風のおかげで、カグヤはアズマから二番目に近い場所にいる。リンドウと同じ場所。一番近いのはコユキだ。

しかし十字架はもっとも遠い場所、しかも。

「まずい……あそこは！」

無惨《むざん》に破壊された校舎の残骸の下だった。完全に埋まっているわけではないのか、辛《かろ》うじて光る銀色は見えるものの、それもいつまで持つか怪しい。瓦礫《がれき》が完全に崩れたら終わる。

駆け出そうとした彼女は、しかしここでようやく、自分の足首が折れていることに気付いた。

「そんな……!!」

落ちたときに打ったか、それとも《女神》との空中戦のときに知らずに怪我《けが》をしていたか。何にせよ、もう彼女は奔《はし》れない。

《勇者》の咆哮《ほうこう》が響いたのはそのときだった。アズマがその手を取ったのだろうか、一度見た刀の《勇者》は狂暴性を増したような姿に変貌していく。

「……ッ」

それを見ながらカグヤは思った。

あそこまで這《は》っていって、取り出すのを待っていては間に合わない。つまりは、アズマが自分達を攻撃し、取り返しのつかない事態になる。

彼を救うにはどうすればいいか。唯一の鍵を、アズマにどうやって渡せばいいのか。その場にどうやって、近付くことが出来るのか。そしてあの十字架をどうやって掘り出せばいいか。また自分が助けに行けばいいだろうか？　しかし、そうしたら今度は自分がどうなってしまうか――

「おい！」と、その時、粗野な声により引き戻された。

視界の端に映ったのは人影。自分を受け止めたリンドウだった。

「どうする。次は⁉」

息を切らしながらも、見ている場所は同じだった。アズマの姿。

カグヤは不意に、アズマの言葉を思い出す。もっと頼れと。自分ばかり抱え込むのではなく、少しは自分たちを信じろと――

決断するまでに時間はかからなかった。自分を信じてくれている彼等《かれら》を信じない道理なんてない。

「リンドウさん‼　あれ――どうにか出来ますか⁉」

瓦礫《がれき》に埋もれた十字架を示す。リンドウは一瞬言葉に詰まった。

どうにかするのは非常に難しいのは一目瞭然だ。だがカグヤは、さも当然可能かのように叫ぶ。

「お願いします‼」

軽い舌打ちと共に無言で走りだしたリンドウだが、その彼も疲労困憊《ひろうこんぱい》。何せ《勇者》と二戦連続なのだ。足元が危ういことは、カグヤも理解している。

瓦礫《がれき》が崩れそうになっていた。今は辛《かろ》うじて見える銀の十字架だが、あの瓦礫《がれき》が崩れれば完全に見えなくなる。ガラリ、と大きな塊が十字架を押しつぶす寸前、リンドウが間に合った。

しかしリンドウは、代わりに瓦礫《がれき》の倒壊をもろに喰《く》らうこととなった。下に潰された彼は、しかし、きちんと十字架を握っていた。

そして後方に投げる。その先をリンドウは見ていない――

地に落ち行く十字架。キランという音と共に地面にぶつかる寸前に、

それを拾った者がいた。

碧《あお》い髪に翠色《みどりいろ》の瞳を持つ少女、ハルはそのまま俊足で駆ける。リンドウよりはまだ戦闘の負担が少なく、体力もある。リンドウよりは長い距離を稼いだものの、そこからが問題だった。

『――ッ、風が……！』

ハルはアズマを覆う風が邪魔で近付けない。体幹はしっかりしているものの、やはり他のカローンの人間よりは弱く、その場に足を踏ん張ることでしか抵抗が出来ない。それでもなお、カグヤの元に届けようとする、その手から十字架が飛んだ。

「あっ――‼」

しかしその十字架を、飛び上がる前にキャッチした者がいた。

「コユキ……！」

しっかりと十字架を握った彼女は、代わりに銃をその場に捨てる。コユキ、と必死に声を絞り出すカグヤに、コユキは十字架を渡して、片方の腕で彼女を摑《つか》んだ。

「行ってき、な！！！」

そしてアズマの方に放り投げたのだ。反動でコユキは風に吹かれ見えなくなった。

風が一層強くなる。これまで経験したどのような風よりも強く、冷たく、厳しく激しい、明らかな拒絶だった。しかしその嵐は不思議なことに、内向きだった。アズマの《勇者》から発生した風は、カグヤを吸収するように吸い寄せる。

カグヤの手には銀の十字架。最早《もはや》やるべきことはひとつ。何の迷いも躊躇《ためら》いも、恐怖も絶望もなかった。

「――待ってますから」

長い髪がカグヤの頬を打つ。

「皆アズマさんを、待ってるから」

リンドウが掘り出し、ハルが届け、コユキが自分に渡してくれたこの十字架で。

「だからさっさと戻ってきてください――アズマ・ユーリさん！！！」

吸い込むような内向きの嵐のなか、カグヤはアズマの右目に手を伸ばし、十字架のピアスを突き刺す。悲鳴は上がらなかった。血が噴きだして、カグヤの緋色《ひいろ》の髪を更に赤く彩《いろど》った。悍《おぞ》ましいほどの緊張感の中にあっても、カグヤが不安に思うことは一瞬もなかった。

刺した直後、自らも風に飛ばされながらカグヤは思う。

あの時とは違う。ひとりじゃないから。

希望があるから。

皆が繋《つな》いでくれたこの希望は、必ずあなたを救うから。

・・・

突き刺した瞬間、風が止《や》んだ。

バランスを崩したカグヤは、渾身《こんしん》の力で地面を摑《つか》む。揺り戻しがあると思ったからだ。

だが、静かなものだった。

揺り戻しは来ない。代わりに何かが「吸収」されているようだ。

そして《勇者》は前触れなく動く。一瞬身構えたが、その動きは後ろにそのまま倒れるというだけのものだった。ばたん、と倒れた《勇者》を注意深く見ていると、その姿はすぐに、倒れている一人の男性のシルエットとなった。

「アズマ……さん」

小さく呼んで、カグヤは彼に近付こうとする。

出血は少なくなっていた。

カグヤの仮説が正しければ——アズマは人間に戻っているはずだ。けれど戻っていなかったら？　そうしたら、どうすればいい。カグヤはその先を全く考えられていなかった。だからもうこれは、賭けなのだ。経験からなる自説に賭けた最後の希望。

「……ん」

そして、彼は目を醒《さ》ます。誰もが息を詰めていた。そんな中、アズマは当然のように上体を上げ——そして己の傷が塞がっていること、死に至るほどの傷から解放されている事、《女神》がまだ現存していること。その全てを同時に、一度で理解した。

「……卵が」

そして彼は、己の右目に手を触れる。

一度《勇者》から目覚めた彼女だから分かる。卵が消失しているのだろう。カグヤが見たこともないような驚愕《きょうがく》の顔で固まっている彼は、はっとしてすぐに立ち上がる。

アズマの刀は彼のすぐ近くに突き刺さっていた。柄《つか》を握り引き抜いて、血を払うように最低限の動きで振る。その横に立つのはカグヤ、少し後ろにコユキとリンドウ。ハルは遠くにいたものの、見ているものは同じだ。

相手は《女神》。

それも巨大な。

しかしこの場の誰も、ただのひとりも、悲観などしてはいなかった。カグヤの脳内に浮かぶ可能性に敗北の二文字は存在しない。確実にここで終わらせると、誰もが思っていた。

かちりと、金属が打ち付けられるような音がした。リンドウが両手のメリケンサックを打ち付けたのだ。

「あ、アンタ生きてたの!?」

「生きてちゃ悪いかよ」

驚いた様子のコユキに、リンドウは目も向けず言い放つ。

「それにこのクロノス。……一応こいつらの仇《かたき》でもあるだろ」

「……そりゃそうね」

コユキはライフルを構える。

《女神》は蜂の姿をしていて、例に漏れず中空に浮いていたが、ほとんど瀕死《ひんし》の状態だった。

その《女神》に向かい駆けるのはアズマ。《女神》は逃げもせず、ただ堂々とこちらを向いている。彼が再び刀を構え直すのを目にして、カグヤはそっと呟《つぶや》く。

「さっき、サクラと会いました」と。

それにアズマは答える。

「俺もだ」と。

カグヤはアズマの刀に視線を向けた。その中で苦しみに喘《あえ》いでいるのだろう彼女の姿を思い浮かべた。

「大丈夫ですよ、サクラ。今度は私が助ける番です」

しかし《女神》はもう、相当なダメージを負っていた。カグヤが何度も何度も撃って、地面に強《したた》かに打ち付けられたから。それこそ蟲《むし》のように、《女神》は飛び上がろうとしているが、精一杯の高度もお粗末なものだった。

《女神》の身体《からだ》のバランスが崩れる。

更にそれを崩すように、コユキは横合いから銃撃する。大威力の対物ライフル弾が《女神》の身体《からだ》の一部を削《そ》ぎ、音を立てて《女神》は地に墜落した。

《女神》自体に攻撃性は薄い。しかし耐久力は高いのだ。墜落した《女神》に肉薄したリンドウは、再び飛ぶことが出来ないように翅《はね》を関節技の要領で締める。その隙にアズマが、その切っ先を《女神》に向ける――

「アズマ!!」

その刃が触れる直前、《女神》が翅《はね》を震わせる。アズマはそれをひと蹴りで封じこめ、サクラ、その刀で頸《くび》に刃を食いこませる。

「ッ……!　固い……!」

刃が当たった場所が悪かったのか、それともアズマが完全に回復しきっていなかったのか。頸《くび》をはねようとしたが相手の硬度が勝ち、途中で刀がすっぽ抜けた。その刀には目もくれず、アズマは代わりにとばかりに強く蹴りつける。それだけでも《女神》の頭は半分潰れ、完全に地に伏した。

それでもまだ——生きていた。

頸《くび》の皮一枚で繋《つな》がっている《女神》。流血は激しく、最早《もはや》余命いくばくもないように見える。アズマの手から抜けた刀は、再び近くの地面に突き刺さった。そして《女神》は既に虫の息であり、わざわざ止めを刺さずとも息絶えるだろう。

だから誰も動かなかった——

——彼女以外は。

手放された刀に、もっとも近いところにいたのは、カグヤだった。

カグヤはアズマの刀を手に取り杖代わりにして近付く。サクラの魂が未《いま》だ宿るその刀で。

「カグヤ」

誰かが彼女の名を呼んだ。けれどカグヤにはまったく聞こえていなかった。

決着をつけるのは自分だ。そう決めていたから。

「ごめんね、兄さん。——結局、助けてあげられなくて」

蜂の姿をした《女神》が事切れる寸前、カグヤは呟《つぶや》く。

探し求めていた兄。彼の《勇者》化から始まった全て。

「私は生きるよ。兄さんの分まで。だから……ごめんね」

ごめんな、と声がしたような気がした。本当は聞こえるはずのない声が、《女神》の方から
したような。そんな幻を見た。

──今まで言えなかった。

声が、声がする。

──いや、俺も気付いてなかったんだ。今ようやく分かったよ。

知っている声だ。今度こそ今度こそ、本物だった。

その先をどうか言わないでほしいとカグヤは願った。

──ありがとう、カグヤ。

だって泣いてしまうから。悲哀と絶望に溺れてしまうから。喪《うしな》う辛《つら》さと向き合わなければな
らないのだから。

──俺はお前を、愛していたんだな
「……私もよ、兄さん」

そして、最後の別れを。一刀のもとに。反動で後ろに吹き飛ぶのを自覚しながら。その痛み
すら、愛情と使命感に変えて。

「――ありがとう」

《女神》のその頸《くび》を、斬り捨てた。

そこでカグヤは倒れた。

今度は誰が揺すっても起きることがなく、彼女は再び昏睡《こんすい》の旅に出る。

十七　収束

カグヤが目を醒《さ》ましたのは、それから一週間後のことだった。

その一週間のうちに、様々なことが起こった。まず、殲滅軍《せんめつぐん》についての欺瞞《ぎまん》が暴かれていったのだ。

殲滅軍《せんめつぐん》とは武器を開発するためのただの実験場であり、単なるテスト環境でしかなかった——その事実を組織内に公開したことで、しばらく殲滅軍《せんめつぐん》に混乱が生じた。

彼らの人生そのものがお飯事《ままごと》だったと突き付けられ、勢い余って狼藉《ろうぜき》に出る者もいた。それはアズマたちカローンが中心となって押さえつけたものの、彼らの戦闘意欲は大幅に削《そ》がれ、殲滅軍《せんめつぐん》は事実上解体となった。

対《勇者》戦にも変化が見られた。カグヤが人間に戻った際にアズマが行った、十字架で刺すという攻撃——あれが有効であったことが分かったのだ。

《勇者》に効くのは銀。当然クロノスに銀成分はなく、通常の武器の素材の多くは鉄や鉛である。そして反動が起きるわけもない。

当然、それにクロノスは必要ない。

彼等《かれら》にしか出来ないこと、という前提も崩れ、クロノスの価値は下がり。

そして、彼等《かれら》への最期《さいご》の救済が行われた。

数十とあったクロノスは、リンドウのメリケンサック、コユキの対物銃とハンドガン、アズマの刀を除きすべてが、彼のクロノスによって破壊された。

その中には、研究長が度々使っていた斧《おの》もあって、中にいたらしい少女も救済されたという。

殲滅軍《せんめつぐん》は名と組織の形を変えることで落ち着いた。形ばかりの軍体制は廃止され、所属は自由意思によるものとなる。当初かなりの数が居た隊員は半分に減り、カローンからも離脱者が続出。アズマ、コユキ、ハル、リンドウ以外のメンバーはそれぞれ卒業していった。

監査所のデータを探っていたハルは、それもどこか予期していたらしい。殲滅軍《せんめつぐん》が終わりに近づいているということを、ハルは、明言するほどではなかったが考えてはいたようだった。

すぐに分かる——と、ハルはそう言っていたのだと、アズマは後にコユキから聞いた。


というのが、一週間で起こったことである。

「研究長を殺した相手が分かった？」

アズマは自室で、今まさに通話している相手が報告してきた言葉に眉を顰《ひそ》める。

「見つかったのか。……結局、誰だったんだ？」

『ああ、そっちにはまだ報告行ってないんですね――』

と、電話の相手のマリは言う。

『やはり監査所の人間だったようです。タカナシ・ハルさんを送り込んできた人。クロノスに意識があるという事実を知っている者がいるとまずかったんでしょう。名前は――』

その相手の名前を聞き、アズマは深く息を吐いて椅子に沈み込む。

その名は、かつてアズマにカグヤの異動を勧めた者と同じだった。

「よくそこまで分かったな。この短期間に……」

『……ミライ少佐が』

マリの声は少しだけ神妙になる。

『ミライ少佐が、頑張って……』

旧友の仇《かたき》を取るために動いたミライは、ハルが驚くほどの執着を見せたという。

そして結果的に全てが明るみになっていった。あの写真の詳細についても。

カグヤとマリが見つけた例の写真は、撮影は一般人だが発見したのは第一技研《ぎけん》だった。他の全ての書類や記録が処分されていたのにあれだけが残っていたのは、混乱の最中に第一技研《ぎけん》が紛失してそのままだったから、だと予測された。

「……それなら、ここもとうとう終わりってわけか」

『まだ、《女神》も《勇者》も残っていますから、今すぐというわけじゃないですけど……でも、そう長くはないでしょうね。カローンも確か近いうちに解散になるって聞きましたけど』

「解散というほどのことでもないが。だがもう俺達は必要なくなっただろう？」

マリは気まずそうに黙った。

アズマの言うことは本当だからだ。明確な弱点がはっきりしている今、カローンだけに頼る必要はなくなった。それがカローンにとってどのような意味を持つのか――それは、マリに語る義理はない。

「ま、それより。本題はもっと違うところにあるんだろう、エザクラ」

『あ、は、はい。先輩が少し前に目を醒《さ》ましたのは、確かご存じですよね？』

勿論《もちろん》知っているし、覚えている。それをマリから聞いたとき、この上なく安堵《あんど》したからだ。

『その後の先輩なんですけど――記憶喪失になっていました。完全な』

「記憶が……!?」

『先輩が生まれてから今までのすべての記憶が、です。エピソード記憶に関しては、昏睡《こんすい》する前のことを一切覚えていませんでした。最初は自分の名前も分からなかったくらいで……』

「……そう、か。俺は無事だったんだが……」

『きっと、防衛本能なんだと思います。先輩にとっては辛《つら》いことが多すぎました。いつかこんな日が来るとは思っていました』

マリの声は、電話越しで聞いているアズマが同情するほどに哀《かな》しいものだった。

『それで。ご相談なのですけど』

ぱっと、しかし彼女は切り替える。

『せっかく――という言い方は良くないですが、先輩の記憶がなくなっているんです。だから、カローンにいた数か月をなかったことに出来ないでしょうか』

その期間だけ、マリによって偽《にせ》の記憶が伝えられる。マリはそう言った。

「分かった。俺たちはその方針に賛成しよう。……しかし、考えることは同じというわけだな、エザクラ准尉。俺もそうしようと思っていた」

アズマ達としても、カグヤを再び迎え入れる必要はない。それ以上に、巻き込みたくないという思いが強かった。

「俺たちは会ったこともなければ話したことすらない他人、ということにする。こちらからその提案をしようと思ってたくらいだよ」

『……それならば話が早いですね』

マリはアズマ達に、以下のような要請をしてきた。

彼女がこれまで経験したことの中に、カローンでの数か月を含めないこと。その間もずっと昏睡《こんすい》していたことにするということ。

『だから――約束してほしいんです』

電話で、彼女は言った。

『もう二度と先輩に会わないでほしい。全部なかったことにしてほしいんです。酷なことを言ってるのは分かってます、けど――』

マリはこれまで聞いた中でもっとも真剣な口調で、言った。

『――もうこれ以上、見てられません。それは貴方《あなた》たちにだってわかるでしょう』

心底、アズマは良く分かっている。

『だから……私と貴方《あなた》たちが話をするのも、もうこれで最後です。技研《ぎけん》とカローン、元は何の関係もなかったんですから。だから、もう終わりにしましょう』

「そうだな――終わりにしよう」

カグヤのことを思えば、これが正解だ。

数か月前も同じ選択をした。あの時カグヤは自分から赴いてくれたけれど、既に記憶に残っていないなら同じことは起こらない。

だから今度こそお別れだ。

「今まですまなかった。貴女《あなた》にも、カグヤにも。研究長にも」

『いえ。今はもう分かりますから。先輩がカローンに居たのも、必要なことだったんだって』

どこか柔らかくなったマリの声。少し前まで棘《とげ》しかなかったのに。

そんな彼女の、最後の言葉は。

『……別れの言葉は、いいんですか』

「なんだ、らしくないな。同情でもしてくれたのか？」

『別にそんなんじゃないです。ただ先輩が、貴方《あなた》たちにとって必要だったことは分かりますから。何かないのかと思っただけです』

「伝えたら思い出すだろう？　……だから俺たちはもう何も言わない」

そうですか。と、マリはどこか残念そうな声を出す。

『まあないならないでいいです。この電話を切ったら、連絡先は消してください。先輩の私物はミライ少佐を通して私に。私の方でも、関係あるものは全て処分しますから』

「言われなくてもそうするつもりだよ。既に纏《まと》めてある」

『それなら安心です。貴方《あなた》の言うことは信頼出来るから。だから、』

さよなら、と。

その四文字を最後に、マリとの通話は切れた。

マリの言う通り、連絡先は全て消しておいた。カグヤのものも、研究長のものも。部屋にあった書類や端末も既に処分済である。

「……ああ、ひとつあったか」

そういえば、とアズマは思い出す。書類関係を全て処分してしまったあと、彼女の部屋の机の引き出しの中に、何か書類が残っていたらしい。と、コユキから聞いた。

書類といってもただの紙一枚で重要度は低そうだから、破って資料室のシュレッダー待ちの箱に入れておくことにでもするつもりだが。

二段ベッドの下段は最初からハルが使っていたことにして、カグヤがいたという証拠すらすべて消してしまうつもりだった。

アズマ自身、カグヤのことは忘れようと決めていた。

（少し……違う、な）

忘れたいのだろうと、自分でも気付いている。

ほんの少しだけ残っていた未練も、端末をテーブルに置くとともに振り切った。

十八　別離

シノハラ・カグヤがカローンとの関わりを絶ち、約二か月の月日が経《た》った。

《勇者》の数は順調に減っていっている。幼体である《勇者》が減れば成体である《女神》の数が減るのも必然で、今や《勇者》は月に一回ほどしか姿を現さなくなっていた。その頻度も今は減少しつつあり、殲滅《せんめつ》は目前だ。

そうなるとカローンの面々にも意識の変化が訪れる。彼等《かれら》は自然と「次」を考えるようになっていた。殲滅軍《せんめつぐん》がなくなった後のことだ。

「……」

コユキもそんな中の一人だった。

新隊舎ではハルと同室で、二段ベッドで寝起きしている。今度はコユキは下の方だった。

ある朝、起きてもコユキはなんとなく動く気になれないでいた。そんな彼女に、上からかかる声。

「コユキ。何してるの」

「あ……ハル」

いつからかハルとも名前で呼び合うようになって、コユキはのそのそとベッドから出る。

準備をして部屋を出て、どうにか全員の集まる広間に出た。

そこには全員が集まり、そしてテーブルの上には全てのクロノスが鎮座している。

そう、今日は、クロノスを破壊する日でもあった。

カローンは人数が少なくなったのもあり、近々解散予定だった。手続き等があるので実際には一か月後になるが、クロノスを使用することはもうない。

皆、複雑な面持ちをしていた。

一組のメリケンサック。テーブルには入らないからと立てかけられた対物銃。ハンドガン二丁、そしてアズマの刀。

彼等《かれら》のことをコユキは少しだけ調べていた。名前までは分からなかったけれど、性別や年齢は分かった。リンドウの使っていたメリケンサック、元は十二歳の男子。コユキの使用していた対物銃、元は十八歳の女子。ハンドガンは十七の男子。

そして、アズマが使っているそれは。かつてカグヤが使っていた銃は、六歳の男子だった。

「この銃で破壊していく。……辛《つら》い者もいるだろうから、出てもいいんだぞ」

しかし出て行く者はいなかった。ほぼ無関係のハルでさえ、その場を動かなかった。

弾は通常のものでいい。装弾、撃鉄を起こす、照準を合わせる。引鉄《ひきがね》に指をかける。

それで破壊しようとして、

「あっ、待って」コユキはあることに気付いて止める。

「ねえ、……その子はどうなるの？」

アズマが持っている銃。

「クロノスはクロノスでしか破壊出来ないんでしょ。だったらその銃の中にいる人は、どうやって」

「《勇者》に壊してもらおうと思ってるよ」

アズマは軽く話をしてくれた。最後に残すクロノスをどれにするかと考えたのだ。

破壊するなら自分がやるべきだと思ったから、コユキやリンドウの武器を残すことは最初から視野に入れていなかった。銃《これ》にしたのは、私情だ。サクラを永く苦しませたくないというただの贔屓《ひいき》だった。

「……それで終わりだ。何もかも」

そして彼は引鉄《ひきがね》を引く。

リンドウのメリケンサックが二発の銃声と共に無惨《むざん》に割れた。

対物銃は少し苦労した。三発撃ち込み、漸《ようや》く破壊出来たと言えるまでの状態になった。

もうひとつコユキが使用していたハンドガンは銃身が砕け、沈黙。

そして。最後に。

「サクラ」

アズマが使っていた刀のクロノス。

その中にはサクラの意識が今もあるのだという。

リンドウもコユキも、会ったことのないハルも。全員がその最期《さいご》を見届けようとしていた。

コユキは自然と、涙が浮いていることに気付いた。リンドウが顔を逸《そ》らした。珍しく泣いているらしい。……今度こそ永遠のお別れだ。

——いや、その方がいいのだろう。

サクラをこれ以上苦しめるわけにはいかない。

構える音がした。本当に少しだけ、アズマの銃を持つ手が震えた。

しかしすぐに収まった。

「さよなら、サクラ」

意外にも軽い銃声と共に刀は中央で真っ二つに折れて。

荒川桜《アラカワサクラ》は漸《ようや》く、この世から解放された。

・・・

「あ！　新しいメニュー出てるじゃない！　いつの間に……！」

第三技研《ぎけん》の食堂で、緋色《ひいろ》と薄紫の少女——シノハラ・カグヤ中尉は目を丸くして叫んだ。

メニューを広げ、その一か所を凝視している。その視線の先にあるのは——

「期間限定パスタセット……⁉　しかも復刻版……いつの間にこんなものが……」

「先輩が寝てる間に出たんですよ。復刻版は先週出たばかりなので、まだギリギリ間に合いますよ？」

シノハラ・カグヤ中尉は、後輩であるエザクラ・マリ准尉と一緒に遅めのランチを取っていた。

彼女が目を醒《さ》まして七十五日ほど経《た》った後のことだった。カグヤはその間、記憶を失っていること、第二技研《ぎけん》にいたこと、そしてその第二技研《ぎけん》は解散し、新たに第三技研《ぎけん》が設立されていることを知る。初めは混乱していた彼女だったが、マリに丁寧に教えてもらい、新たに一通りのことは理解していた。

「《勇者》を人間に戻す、ねえ……」

しかし、自分がそんな研究を行っていたなんて、未《いま》だに信じられない。

《勇者》という存在すら忘れていたのだ。

だが映像で見る限り、《勇者》はどこからどう見てもただの化け物。

人間に戻る余地などないように見えた。

「でも、それはもう確立されてる、んだよね？」

「ええ。研究長の努力の賜物《たまもの》ですねえ」

自分が昏睡《こんすい》している間に、様々なことがあった——とマリは言う。

まずは研究長という人物の死。クロノスという武器による事故死だと言われている。

研究長のことをカグヤは知識でしか知らないため、残念ながら悲しみのような感情は湧いてこなかったが、寂寥《せきりよう》感のようなものはあった。

だいぶ世話になったことは聞いた。彼女はクロノスの研究をしていたようで、道半ばで亡《な》くなったのだという。

「めちゃくちゃだけど……良《い》い人だったんです。先輩は覚えてないでしょうけど……」

「……」

「あ！　いえすみません。こんなこと言われても困りますよねえ」

「う、ううん。大丈夫よ。気にしないで」

聞けば、第二技研《ぎけん》にはもともと三人しかいなかったのだという。

研究長が事故死して、自分が昏睡《こんすい》状態にある中——技研《ぎけん》には彼女しかいなかったはずだ。

「それにしても、凄《すご》いわね。一人でこんなこと出来るなんて」

「ああ、それは……ええ、そうですね」

マリは何かを言おうとしてやっぱり諦めたような、そんな声音だった。

しかし次の瞬間、胸を張る。

「大変だったんですよー？　研究長が遺《のこ》した情報だけを頼りに、その、色々頑張って。その時のことを先輩にも見せてあげたかったくらいですよ」

「ふふ。本当に見たかったなあ」

本心だった。後輩だったという彼女の活躍を見てみたかった。

「でも――貴女《あなた》の話が本当なら、《勇者》は人間に戻す方法が確立されているのよね？　どうしてまだ技研《ぎけん》があるの？」

マリは困ったような、寂しさを覚えたような複雑な表情を浮かべる。

「《女神》の話って、しましたよね」

「え？　ええ。確か人間を《勇者》にするっていう……その《女神》も元は人間だったって」

「そうです。今は《女神》を人間に戻す――そういう研究を行っているんですよ」

へー、とカグヤは形だけ感嘆する。

「凄《すご》いじゃない。マリちゃんならきっと出来るよ！　頑張ってね！」

「……あはは、まあそうなりますよね……」

マリは何故《なぜ》か、泣きたそうな顔で笑った。

「ええ、頑張りますよ。先輩。ま、先輩にも手伝いくらいはしてもらいますけどね」

「任せて。何したらいいのか全然わかんないけどね！」

自虐のつもりでカグヤは笑う。

だって本当に何も覚えていないのだ。

『何も』といっても、例えば生活に必要な動作や、知識記憶までは失われていない。だからマリに基本的な知識を教わったときも、すんなり頭に入って来た。だがそれが自分にとって何の意味があったのかは未《いま》だに分からない。反魂《はんごん》研究というものをしていたのは知っているが、――実感が何も湧《わ》かないのだ。だからカグヤにとっては大きな問題ではなかった。

食堂のメニューを見る。

「どれも美味《おい》しそうねえ。私は前はどれが好きだったの？」

「ん？　うーん……どれってのはなかったですねえ。強いて言えば全部でしょうか」

なるほど、とあまり意味のない返答を口だけでこなす。

「まあでも嫌いな料理はなさそうでしたね。たまに自分でも作ってたし」

「え、そうなの？」

続けて言われたことには少し食いついた。どういうものを作っていたのだろう。

「例えば、カップヌードルとか。チンするパスタとかですかね」

「それって料理って言えるのかしら」

「確かレトルトスープもよくありましたよ。レンジでチンするやつ」

「ああ――」と、カグヤは遠いどこかに思いを馳《は》せる。

「そういえばちょっとだけ覚えがあるなあ。私はそのまま作ったけれどね、レトルトのスープってあるじゃない。あれをそのままフライパンに放り込んだ人がいて」

カグヤは口の動くままに言葉を紡《つむ》いでいく。頭と視線は目の前のメニュー表に向いていて、言葉に意味を持たせているわけではない。

「でその人、その後卵を電子レンジに突っ込もうとしたのよ。面白いよね」

だから、隣のマリがこちらを凝視していることに気付かなかった。会話が返ってこないのでそちらに目線を遣《や》ると、マリが恐れるような視線を向けてきている。

「それ、誰の話です、か……？」

「え？」

カグヤは呆気《あっけ》にとられた。予想外の反応だったからだ。

「だって——寮でそんなことしたことないし。技研《ぎけん》に入ってからは外食ばかりでしたよね？　誰がそんなことしたんですか？」

「……ええと」

問われて、カグヤは困ってしまった。よく考えてみれば確かに——それを言った人の顔も、声もまったく思い出せない。それどころか前後関係も頭からすっぽり抜けていた。

ただそう言われたことは朧《おぼろげ》気に記憶にあったというか——いや、それも少し違う。思い出そうとしても上手《うま》く頭に浮かんでこない。

「……あれ？　誰だったっけ……」

唯一の可能性は。

「……夢？」

夢でそんな経験をしたのかもしれない。そうとしか考えられなかった。

「先輩、夢と現実の区別もつかないんですかぁ？」

「なんか最近そうなのよね。夢で起こったことを現実で起こってたって思い込んじゃうし。疲れてるのかなぁ」

先日もそうだった。誰かと殴り合っているという、まず自分にはありえない記憶を想起したのだ。正確には自分は長い棒のようなものを持っていて、相手は——相手のことは思い出せないが、こちらに向かって攻撃してきている。だがずっと技研《ぎけん》にいたカグヤは、勿論《もちろん》誰かと拳を交わした経験などない。

それだけではない。辺り一面が白く塗りたくられたような、白い闇に放り込まれたような視界のなかで、誰かと話をした覚えがあった。声も顔も思い出せない相手に。

また、どうしてか思い出すのは一面の花畑。そこで「何か」があったことは記憶にあるのに、何があったのかは未《いま》だに分からない。

それに——

「夢は夢ですよ、先輩」

マリは気遣わしげにカグヤを見上げる。カグヤは我に返った。

「疲れているのは仕方ないですよ。ただでさえ先輩は何か月もずっと寝ていたんです。それに《女神》を人間に戻す――《勇者》とは勝手が違いますし」

「そ――そうだね」

しかしその言葉だけでは、カグヤの不安は霧消はしない。

それに。たまにカグヤの脳裏に過ぎる、銀の――

「ん？」

――ふと、視線を感じた。

視線といっても微小な違和感だ。きょろきょろと周囲を見渡して、カグヤは「あれ」と声を上げる。

人が疎《まば》らな技研《ぎけん》の食堂の隅に、見慣れない軍服の少年がいた。顔までは見えないが、アイスシルバーの髪だけが少しだけ見える。

「あの人……？　誰？」

カグヤの呟《つぶや》きに応じたマリが、そちらの方に視線を向けて。

「なっ……!?」

ガタリと、椅子が倒れる音と共に驚愕《きょうがく》の表情で立ち上がっている。その瞳には驚愕《きょうがく》以外に憤怒《ふんぬ》が混じっていて、カグヤの方が少し怯《おび》えてしまうくらいだった。

「あの、えと、マリちゃん？」

「……先輩、すみません。ちょっとそこで待っててください。あの人と話をしてきますから」

「え？　う、うん」

マリの知り合いだったのだろうか。何故《なぜ》か機嫌を損ねたような顔をして大股でその人影に近付いていく。

「……いや、やっぱり気になるな……」

カグヤはマリと人影に気付かれないように、そっとさりげなく近付いてみた。マリは何故《なぜ》か見たこともないような剣幕で、人影に突っかかっている。

「約束が違います……!!　いったいなんのつもりですか⁉」

小声ではあったが、マリは多少感情的になっているようで、少し離れたところからでも聞こえてきた。

「わざわざこんなところまで――まさか会いにきたんじゃないでしょうね⁉」

少年はその言葉に黙って首を横に振った。そんなつもりはないのだと、そう語るように。

「彼女に会いにきたわけじゃない」とそう聞こえて、カグヤは少しだけ身を乗り出す。

彼女とは誰だろうか？

「貴女《あなた》に、これを」と、少年はマリになにかを手渡す。

「彼女がカローンに残していったものの一つだ。処分するには流石《さすが》に気が引けたから」

――白いイヤホンだった。白いイヤホン型の、恐らく録音機。大事な記録なのだろうか。マリは渋々という風にそれを受け取っている。

いやそれ以前に、今の会話で分かったことがひとつ。

（カローン？　って、確か戦闘兵科じゃなかったかしら）

マリからは詳しく聞かなかったが——そういった組織があることは聞いていた。

マリが驚くはずだ。戦闘兵科にいる人間が技研《ぎけん》に来たのだから。

それにしても、マリは何をきっかけに彼と知り合ったのだろう。興味を抱いて少し近付いたときに、ほんの少しだけ、彼の顔が見えた。

明るい銀色の髪に碧《あお》い瞳。人間の顔立ちに興味がないカグヤでも整っていると感じる顔には、周囲に対する無関心の感情が露骨に表出している。

「え」

それを見た瞬間、心臓が高鳴った——気がした。

しかし一瞬で収まった。まるで不整脈のような鼓動に、カグヤは戸惑う。

何故《なぜ》だろうか。マリに何を聞いても心など動かされなかったのに、何故《なぜ》だかその少年のことが気になった。

渡すものは渡したのか、「じゃあ」と軽く手を振って出て行こうとする少年。背を向ける直前、ほんの一瞬、こちらに視線を向けてきた。何もかもを貫くような鋭い碧《あお》い瞳。

その瞬間、そして、彼女は確かに見た。左耳に揺れる十字架型のピアスを——

「あ、あの……！」

身を隠すのをやめて、思わず声をかけてしまった。

「せんぱい」とのマリの呆然《ぼうぜん》とした声。しかしカグヤは、そちらには目を向けなかった。

あの十字架――

あの十字架は。最近は頻繁に見るようになった、夢に出てくる十字架と同じものではないだろうか。

「……」

声をかけられた少年は、何か不審なものでも見るような、鋭い視線を向けてくる。

そしてそのまま、背を向けた。カグヤとの会話を拒否しているように。

初対面の彼に声をかけるのは気が引けた。それでも、今を逃せばきっと彼と対面することは
もうないだろうから。

「待ってください！」

呼び止めると、彼はそのまま振り返る。不快そうに眇《すが》められた碧《あお》い瞳。マリの驚いたような
表情。

全て、初めて見た気がしなかった。

いや、確信出来る――初めてではない。以前にも同じことが確かにあった。けれど何故《なぜ》か、
それを思い出せない。

「あの——突然すみません。お名前を伺ってもよろしいですか？」

「……何故《なぜ》だ」

鋭い声音は切り裂くように。これもまた初見ではない気がしている。

何故《なぜ》と問われてカグヤは言葉を失った。いい理由が思い浮かばなかった。呼び止めておいて、「夢で見た気がする」など言えるわけがない。

沈黙した彼女に、少年は更に言葉を重ねてくる。

「貴女《あなた》は——第三技研《ぎけん》の人間か？　どうして声をかけてきた？」

「あ、その、えっと、笑われるとは思うのですが、お会いしたことがある気がして」

「……」

一瞬の沈黙が二人の間に流れる。少年は目を瞠《みは》った気がしたが、すぐに元の鋭い表情に戻ってしまった。

「いいや。俺は貴女《あなた》に会ったことはないし、こうして話すのも初めてだ」

「まあ、そうですよね……」

「それと——悪いが、名乗る気はない。意味がないから」

それだけを言って、少年は再び向き直り、早足で去っていってしまった。

その後ろ姿を眺めていると、

「……先輩」マリから恐る恐ると声をかけられる。

「今の彼のこと、覚《おぼ》——知ってるんですか？　どうして声をかけたんですか」

「あ……えっと、なんでだろうね？　ごめんね、何かの邪魔しちゃったみたいで。初めて見た気がしなかったからさ」

「あ……ああ……そうだ、そういえば言ってませんでしたね」

マリは少し慌てたような、何かを言い訳するような声で。

「きっとこれの影響じゃないでしょうか」と、彼女が見せてきたのは専用端末だった。

「たまに映像が流れるんです。それが偶々《たまたま》先輩の目に入って、それで頭の片隅に残っていたんじゃないでしょうか」

「あー。……そっか、だからかぁ」

カグヤも覚えていないどこかで目にして、それが記憶にだけ残っていたのだろう。

ただでさえ記憶を失っている状態だから、混乱したのかもしれない。

（でも……本当にそれだけだったのかな）

普通に考えればそれだけの話。けれど、カグヤは何かが腑《ふ》に落ちないままだった。それが何かはわからないけれど。でもひとつだけ言えるのは。

（あいつ……なんかムカつく！）

カグヤは本能的に感じ取っていた。絶対に仲良く出来ないということを。

「ま、それだけの人ですから。先輩、期間限定のやつ頼みましょ」

「まあ、そうね」

と、カグヤは背を向けた。嫌いな相手とは関わらないのが吉なのだ。きっとどこかで見ただけの相手だし、すぐに忘れるだろう。

「……あ、ついでにA定食とB定食も頼もうかな。なんかそれだけだと足りる気がしないし」

「あ、そこは変わらないんですねえ、先輩は」

・・・

あの録音機にあるのは、既に亡《な》き荒川桜《アラカワサクラ》の最期《さいご》の声だ。

どうしてもそれだけ捨てることが出来ず、しかしあの録音機がカローンに在るのは不自然だから、マリに返しておいた。

『お名前を、伺っていません』

そんな声が脳裏に蘇《よみがえ》る。

『何故《なぜ》だ』と、アズマもそう返したのだ。あの時は「卵」を持つ彼女が何故殲滅軍《なぜせんめつぐん》にいるのかという、そういう意味だったが。

今は違う。何故《なぜ》自分に声をかけてきたのだと、そういう意味だ。

彼女は自分のことを覚えていない。

「それでいい」と呟《つぶや》く。

もう技研《ぎけん》に来ることもないし、彼女がカローンに来ることもないのだから。

「今度こそ——さよならだ。カグヤ」

そうして二人は別々の道を歩む。これまでそうしていたように。

これからも互いに交わることなどなく。《勇者》がいなくなるその日まで。

終一　記憶

カグヤがあの少年と邂逅《かいこう》し、それから数か月が経過していた。

カグヤもすっかり彼のことを忘れ、新たな研究に没頭している。《女神》を人間に戻すという命題があったからだ。

マリと一緒に本部に来て、彼女は別の用事があったので、その間彼女は本部の資料室にいる。

「むー、これもちょっと違うなぁ」

それに関する資料を、カグヤはあらためていた。資料室にて関係がありそうな書籍をいくつか漁《あさ》っているが、有用そうなものが中々見つからない。

《女神》を人間に戻すことはまず不可能、ということは分かっていた。本人の脳などの問題ではないから、どれほど手を尽くそうと不可能。失われた命を蘇生《そせい》するようなものだという。

(でも……《勇者》を人間に戻すのだって、出来たみたいだしね)

研究長が見つけたというその方法だって、本当なら不可能と言われていたことだ。それなら、再構築して変質した精神を元に戻すことだって出来るはず。

といっても——

関係する書籍や資料は粗方見てしまって、カグヤは八方塞がりになっていた。

「……あ」

その時だ。破棄書類が集められる箱があったことを思い出した。

通常、破棄書類などは一日に一度、遅くても一週間に一度くらいの頻度で回収・処分される──らしい。しかしこの資料室は使用する人間が少ないため自然と破棄書類も少なく、ほとんど忘れ去られたようなものだったという。

「まさかここにあったりしないわよね……？」

一縷《いちる》の望みをかけて、破棄書類が積まれているボックスを覗《のぞ》く。

資料は箱の半分ほどしかなかった。駄目元で資料に軽く目を通している中で、明らかに異質なものがあることに気付いた。

「こ、これは……？」

こんなところにあるとは思えない、手書きの何か、レポートのようなものだ。

A4用紙の右上端にはホッチキスの跡のようなものがあり、まとめたものから一枚だけ引き抜かれていたのだと分かった。

こんな場所にあることも驚きだったが、それ以上にカグヤが釘付《くぎづ》けになったのは、その内容と筆跡だ。

レポートの内容はある人間の──ある少年の身体《しんたい》・精神調査の結果だ。ほとんどは彼女の知らない筆跡で書かれていたものの、そこにある注釈やメモの筆跡は、間違いなく自分のものだった。

そして日付は五か月前。自分が昏睡《こんすい》していたはずの日付。

「どうして……」

自分は八か月ほど眠っていたはずだ。そう聞いている。

「筆跡が似てるだけかなあ。これだけの曖昧な言葉、私が書くわけないし……」

そう言いつつも読み進めてしまう。

「脈拍の上昇、体温の上昇、発汗、赤面？」

脈拍の上昇――その症状は、以前カグヤが経験したことではないか。

確かに一度経験した。

あの少年だ。あの少年と相対したとき、カグヤはその感覚を味わった。たった一度だったがよく覚えている。明らかに異常な状態と分かるものだった。

これがただの単発的な異常なのか、それとも同じ条件でも再現出来るのか。それを確かめなくてはならない。それには――

「もう一度会――」と言いかけて、彼の態度を思い出しむっとする。

「……それはなんか、嫌ですね」

初対面なのにあの横柄《おうへい》な態度。思い出して少し苛《いら》ついてしまう。

なんでこういう気持ちになっているのかはよく分からないが。

「……あ、でもよく考えたらそれは不可能なんだった」

あの少年が所属しているらしい特別編成小隊は、今日解散し、本部に移るという。人数がもはや少なくなってきているようで、わざわざ隊舎を使う必要もなくなったと、これは風の噂《うわさ》で聞いた。

それにしても、何故《なぜ》このページだけがあり、他のページはないのか。そしてどうしてこんなところにあるのか。

筆跡の注釈を読み進める。謎の違和感は無視して書類を調べ、カグヤはある一文を見つけた。一文――というのも違和感がある。たった一言。裏面に書かれていた。自分のものでも、もう一つの筆跡でもない第三者の筆跡だ。

「……恋？」

恋って――あの恋？

一人の人間が、別の人間にするというあれ？

「……意味が分からない……」

どうしてレポートにそんなことが書いてあるのか、そして塗り潰されているのか。まったく理解が及ばない。

「でも……何か、関係あるのかしら」

今のカグヤは、自分に違和感を覚えている状態だ。それがたとえどれほど荒唐無稽なものであっても、知りたいという気持ちは抑えられなかった。

レポートは一枚しかないので、わざわざ持って帰る必要もない。熟読というほどではないが、中身を読んでみて、ひとつの名前に行き当たる。

「アズマ・ユーリ……」

なんだか懐《なつ》かしい名前のような気がして、カグヤはその名を指でなぞる。

「……アズマさん」

口にしてカグヤははっとした。何故《なぜ》か口に馴染《なじ》む言葉だった。今初めて発したような気がしなかった。

「アズマさんって……誰?」

廃棄書類だから持ち出し申請も必要ない。そもそもこの資料室も閉鎖されかかっているのだが——カグヤはそのレポートを丁寧に折ってしまいこみ、技研《ぎけん》の建物に向かおうと足を向けた。

帰り道には本部の食堂がある。そこを通ったとき、カグヤの目には様々なものが同時に映った。

「パフェ……」

パフェが格安になっているとのメニュー表記だった。

この本部食堂も、そう遠くないうちに閉鎖される。だから在庫を全部放出してしまおうということなのだろう。メニュー表のパフェを見て、カグヤは、何故《なぜ》か胸の奥がじくんと痛んだような気がした。

「そういえば……誰かと……」

ふと去来した、しこりのような違和感。その正体を探り、見つけたところでカグヤは眉を顰《ひそ》める。

何故《なぜ》だか分からないが、誰かとパフェを、食べなくてはいけなかったような気が。

誰だったっけと考える。自分は数か月以前の記憶を失っているから、約束したといえばマリしかいないが。だがそんな約束はしていない――はず。

それならば失っていた頃の記憶だろうか？

ならば勘違いだろうか。偶々《たまたま》、今自分がパフェを食べたいと思っているだけで、約束とかいうのはカグヤが勝手に考えたことで。

「違う、私は……誰かと、約束した。誰かと――」

その誰かが今になっても分からない。食事に行くような仲なのだから相手は相当親しい相手だったはずだ。男か女か。それも思い出せない。

思い出さなくてはいけないと強く思った。他の何もわからなくても、これだけは。

「……誰？」

それでもカグヤの記憶には何も浮かんでこなかった。最古の記憶は、自分が医務室で目覚めてマリに覗《のぞ》き込まれていた、その情景だ。

「誰なの」

知らず、手に持った書類を握りしめていた。くしゃっと皺《しわ》になる報告書に見向きもせず、カグヤは立ち尽くしたまま、必死に記憶を掘ろうとする。けれど——数か月前まで掘ったところで、まるで固い地盤にでも遭遇したかのように、それ以前は掘り進められないのだ。

あなたは誰。あなたの名前は。顔は。

一歩、足を前に踏み出す。背後にちらりと気配を感じて、振り返った先。

「先輩」

「……！　あ、ああなんだ、マリちゃんか……そっちの用事は終わったの？　確か——」

「そのレポートはなんですか？」

そして彼女は、常の彼女からは考えられないような強引さでカグヤに近付き、カグヤが今まさに握りしめていた紙をそっと取り上げる。

そして中身を広げた。広げた彼女は少しだけ息を詰めると、はぁ、と息を吐く。

「渡されたレポートファイルに一枚足りなかったのが、ずっと気にかかってたんです」

「レポート……ファイル？　他にもあるの？　こういうのが……」

「不要なものです。忘れてください」

「で、でも、そこにある名前の、アズマ・ユーリ大尉っていったい……」

「忘れてください！」

聞いたこともないような大声だった。思わず一歩後ずさる。

「すみません。でも――私は嫌なんです。また先輩があんな姿になるなんて、耐えられない」

「あんな姿……？　マリちゃん？　何を言ってるの？　私はずっと寝てたんじゃないの？」

それに彼女は答えなかった。

「気になるんですね。アズマ大尉のことが」

ややあって、しかしカグヤはゆっくりと頷《うなず》く。マリが広げているレポートを優しく取り返し、左上の日付をそっと指で撫《な》でた。

「これ、私の筆跡だから……日付もおかしいし。何かあるんじゃないかと思って」

一度気になってしまったら、頭から離れなくなる。自分がそういう性質なのだと、カグヤはここで初めて気が付いた。

「それだけじゃないの」

ずっと気になっていたことが、次から次へと溢《あふ》れ出《で》る。

「スープのこともだけど、私――思い出さなきゃならないことがたくさんある気がする。それに、私は――確かに、誰かと約束をしていた」

「約束……」

「パフェを食べるっていう約束を」

勢いに乗った言葉は、カグヤの脳髄を刺激して、己の感情を高めていく。

「あれはいったい――いったい誰と」

既に目の前のマリのことは、カグヤは見えなくなっていた。記憶を掘り進めていく。固い地盤にぶつかってどうしてもそれ以前は進められなくて。

それなら、その地盤を壊せばいいだけだ。その奥に、カグヤにとってなくてはならない記憶が眠っているのだと。そのうちのひとつが、あの名前。

「誰と――アズマ・ユーリ大尉、と……？」

その時、ふふ、と笑い声がした。

驚き見れば、マリが困ったように笑っていた。子供の悪戯《いたずら》でも見るかのような、そんな表情で。

「研究長の言った通りでしたね――」

「マリ、ちゃん……？」

「そう在ると決めてしまったなら、止める術はない。その通りでした」

マリはここではないどこかに向かって言葉を発しているような、そんな表情をしていた。

「先輩。嘘《うそ》を吐いていてすみません。《勇者》を人間に戻す方法を見つけたのは、本当は私じゃなくて先輩なんですよ」

「え……？」

「寝ていたっていうのも嘘《うそ》です。……確かに本当に昏睡《こんすい》していた時期もありましたけど、でも半年以上も前からじゃなかった」

衝撃の発言だったが、何故《なぜ》かすとんと落ちてくるその言葉。このレポートとも合致する。

「じゃ、じゃあその間私はいったい何を……」

するとマリの瞳にははっきりと寂寥《せきりょう》の光が宿った。

「それは、自分で確かめてください」

とだけ言って、マリはカグヤから離れる。離れながら彼女は、そう、何かを諦めてしまったようなそんな顔をしていた。

「第三技研《ぎけん》は、遠からず解体されると思います。《女神》は数も少なくなってきていますから」

だから――そう、本当は必須の場所ではない。それに月に一度しかない出現なのだから、《女神》のことを諦めるという選択肢も有り得る。

「けれど先輩は、きっと諦めないでしょう？　だからそういう選択を取ってしまうことも、仕方ないのだと思います」

けれど、とマリは続けた。

「けれど先輩は。ずっと私だけの先輩ですから」

「マリちゃん……」

「行ってください。間に合わなくなる前に」

「間に合わない、って……」

「先輩も知ってるでしょう。カローンは本日付で解散となります。その後メンバーがどうなるかは誰にも分からない。連絡先もない——会うなら、今日しかないんです」

間に合わない、という言葉の意味をカグヤは理解出来なかった。けれどマリの、まるで失恋したような表情に胸を打たれる。

マリの言うことの半分も呑《の》み込めないまま、彼女は自然とマリを抱きしめる。

「ごめん、マリちゃん。ありがとう」

最後に見た彼女の顔は、諦めたようでいて少しだけ晴れやかな。カグヤが見たことがない、しかし何かが吹っ切れたようなものだった。

アズマ・ユーリ大尉に会わなくてはならない。無根拠に、カグヤは何故《なぜ》だかそんな決意をしていた——

——でも、どうやって？

「この番号にかけてください」

そんな彼女の疑問を見透かしたように。マリはレポートの切れ端に番号をさらさらと書きつける。

「ミライ少佐はきっと、先輩のことを理解してくれるから。……先輩なら分かっているでしょうけど」

暴走し風を切る乗り物に振り回されたその記憶。行く覚悟を問われた記憶。

かつてもこんなことがあった。

そこでカグヤは漸《ようや》く確信を持つ。——夢ではなかったのだ。今は忘れてしまった、けれど大切な記憶だったのだ。

終二　再会

　もはや《勇者》はほとんど現れなくなっていた。残り少ない《女神》も徐々に討伐され、平和が戻りつつある。

　コユキも終わりを意識していた。人間に戻った《勇者》の扱いなど、問題はないわけではないが、もう——戦う者の存在は不要なのだ。

　そして先日、最後の一匹と思われる《女神》を斃《たお》し、以降は何も起こっていない。《勇者》と《女神》は完全に根絶されていた。

「……後悔はないか？　三人とも」

「……うん」

　アズマに問われ、無理やり頷《うなず》くコユキ。ハル、リンドウ。

「つうか、後悔することもないだろ別に」

　リンドウは面倒くさそうなフリをする。

「もう全部終わったんだから。やり残したこととかはないよ」

「そうね。知りたいことは全て知ることが出来た」

　ハルも。どこか淡泊に。しかし瞳の奥にある感情をどうにか隠そうとしている。

「……うん。私も、特にないかな」

それに合わせて、コユキは無理に笑った。アズマは、コユキが無理をしているのを知っていて、しかし何も言わなかった。

「……」

少しだけ沈黙が降りた。

その間考えたことは皆同じであると。何故《なぜ》かコユキはよく分かった。そして、ここにいる全員がそれを分かっているということも。


「じゃあ、私はここで」

最初に言葉を発したのはハルだった。

翠《みどり》の瞳がすうっと細められ、碧《あお》い髪は光を反射して、ひとつの宝石のような色だった。それほどに彼女は、どこか解放された気分だったのだろう。

「……なんかあんまり感動しないわね」

と思ったらこんなことを言う。

「一人足りないし」

「タカナシ……彼女のことは」

「分かってる」と、ハルはどこか吹っ切れたような表情を見せた。コユキももう既に、何度か見ている顔。それほどに心の距離は近付いていた。

「まあでも、ちょっとだけ楽しかった。ここに来られてよかったと、そう思うわ」

「珍しく素直だな」

アズマが揶揄《からか》うように。

「だって最後だもの。意地張ったって仕方ないでしょ」

「それはそうだ」

そしてハルは、ハルの方から手を差し出す。握手の構えだ。

「今生《こんじょう》の別れ、にはさせないわ」

それに応えたアズマを見て、そしてその場にいる全員をぐるりと見まわして。

ハルは力強く、笑う。

「また会いましょう、皆」

「ああ。またな」

アズマの返答に満足したらしい彼女は、背を向けて振り返りもせず、代わりに手を振って、そのまま去っていった。

「ンなシケた顔してんじゃねえよ」と、リンドウは、コユキが今までに見たことのないような表情をして見せた。

「あいつの言った通りだ。別に二度と会えないってわけじゃない」

「うん……そうだね」

寂しいと思っているのが見透かされたようで、コユキはほんの少しだけ悔しい思いを抱く。

そんな彼女の沈黙を、リンドウはどう捉えたのか。そっぽを向いて頭をかきつつ、慰めるような口調になる。

「……あいつのことはさ」

誰のことを言っているかはすぐに分かった。

「もう忘れてやれ。もともとあいつは俺たちとは違う。偶然色々なことが積み重なって、少しだけ一緒にいただけだ」

「……そうだけどさ」

カグヤがカローンにいたのはたった数か月。その数か月にいつまでも縋《すが》るのはおかしいと、自分でも分かっている。

今のコユキを焦《あせ》らせているのは思い出だけだ。カグヤとの記憶。彼女はすっかり忘れてしまったらしい、彼女とのたくさんの思い出。

「カローンを抜けた後はさ――俺は普通に戻るつもりだ。こんな飯事《ままごと》に巻き込まれたのはムカつくが、それももう終わったことだし――」

殲滅軍《せんめつぐん》という、ふざけた悲劇。そんなものに六年も囚《とら》われ続けていたことも、もうそこまで気にしてはいない、とリンドウはそう言っていた。

一度すべてを終わらせようとした彼らしい考え方だった。

「お前もさ……ちゃんと前向けよ。あんまり執着するとカグヤだって迷惑だろ」

「アンタだって本当は寂しいくせに」

リンドウはそれに、言い返しはしなかった。肯定も否定もせず、ただ沈黙。

「そうだな」

そして、そのまま肯定した。どこか吹っ切れたような声だった。

「もう一度くらい話してもよかった。ま、何かでまた会うことがあったら」

「……あるかな？　また会うときっての」

コユキにとってリンドウは、他の誰とも違う特別な相手だった。変な意味ではなく彼は、コユキの悪友であり、意を同じくした相手だった。

「いや、あるだろ。死ぬわけじゃないんだから」

「ん……そうだね。うん。そうだと思う」

少し呆《あき》れたように笑ったリンドウは、そしてアズマの方を向く。

「世話になったな、今まで」

「こっちこそ。色々感謝してる」

その言葉に、らしくないほど優しい笑みを浮かべたリンドウは。

一歩、離れて、二人に笑う。

「じゃあな！　元気でやれよ」

最後は彼らしい、快活な笑みとともに。

コユキとアズマの目の前で、リンドウは去っていった。


「コユキ」

改めて名を呼ばれて、苦笑した。やはり見透かされていたのだ。

「もう諦めたわよ。そもそもよく考えたら、カグヤがカローンにいたのはたった数か月。サクラとかの方が長いんだから」

そう言って吹っ切れたような笑顔を作る彼女に、アズマはなんとも言えない複雑な視線を向ける。

「とりあえず準備してくるね。部屋も片付けないとだし」

ああ、と曖昧な返事をするアズマを見ず、コユキは隊舎に戻ろうとする。準備が終わったら、もうカローンは解散だ。

それに寂しさを感じないといったら嘘《うそ》になる——いや、寂しい。とっても。

それがたとえクロノスを開発するための箱庭だったとしても、お遊びのようなものだったとしても。青春であることには変わらないのだから。

「はー……なんか、変な気持ち」

六年過ごした隊舎。色々なことがあった。その全てが今や、コユキにとっては大切な記憶だ。けれどどこの記憶も、いつかは摩耗していくのだろう。これから経験するのだろう未来にもまれて、過去はどんどん頭の片隅に追いやられるのだろう。

サクラのことだって、たまにしか思い出さなくなる時がきっとくる。

（でも、それが悪いことだとは思わない）

それが生きるということだから。

「また、会えるよね」

それほど重くない荷物を抱えて、コユキは隊舎の裏口から出る。素直に表から出なかったのは、そこにいるアズマに見られたくなかったからだ。

最後くらいは笑ってさよならしたいから。

「――っ、はぁ……」

空気をゆっくり吸って、吐き出す。泣くのを堪えるにはこうするしかない。

さて、と一歩を踏み出す。踏み出す直前隊舎を振り返った。

元は公民館だったという建物は、きっとこれから取り壊される。だから最後の見納めだ、と見上げた。そのとき。

「あの」と、声がかかった。


「え……」

コユキは目を丸くする。

声に向かって振り向くと、疲れたような顔の、緋色《ひいろ》の少女がいた。

「……なんで」

緋色《ひいろ》の髪に、薄紫の瞳の彼女が。走って来たのだろう、肩を上下させている。綺麗《きれい》に結わえたはずの髪はぐちゃぐちゃになっていて、必死だったのがすぐに分かった。

けれど問題はそこじゃない。どうしてカグヤがここにいるのか、ということだ。

記憶を失って、自分たちのことは知らないはずなのに。

連れてきたのはどうやらミライ少佐だ。責めるような目を向けると、彼女は笑って肩を竦《すく》めた。相変わらずな人だ。

「貴女《あなた》は――」

何も言えなくなっているコユキに、カグヤは躊躇《ためら》う様子を見せて話しかけてくる。

「貴女《あなた》は、アサハル・コユキ少尉、ですよね?」

「え……!?」

「えっと、名前を聞いたんです。あの、ミライ少佐という方から」

「ああ……そっか……」

名前が伝わっている時点で、コユキは既に悟っていた。

「じゃあ、もう隠す必要なんてないのかもね」

コユキより少しだけ体温が高い、その身体《からだ》を抱きしめる。カグヤは流石《さすが》に驚いたようだった。

彼女にとっては初対面なのだから当然だ。

「そう。私の名前はアサハル・コユキ。アンタの友達よ」

「友達……？　でも……」

「いいの。今から友達になるの」

初めて名前を聞いたような人間にこんなことを言われて、戸惑うだろう。けれどコユキは構わない。

「思い出せなくてもいいじゃない。新しく作っていけばいいんだから」

「あの、アサハル、少尉……」

「コユキって呼んで」

そしてカグヤからそっと離れる。

「私もカグヤって呼ぶから」

「……？」

カグヤの性格上、躊躇《ためら》っているのは分かっていた。けれどきっぱり拒絶出来ないのも。

「……あいつには会ったの？」

カグヤはゆるりと首を横に振った。予想していた答えだった。

あいつというのが誰を指すのかも、カグヤは既にわかっているようだ。

「じゃ、行ってあげて。私ここで待ってるから」

「あの、」

離れていくコユキを留《とど》めるように、カグヤに声をかけられる。

「貴女《あなた》は——本当は貴女《あなた》は、私といったい……」

「それは後で教えてあげるよ」

口に人差し指を当てて。「秘密」と小さな声で。

「けどひとつだけ、言っておくことがあるとすれば」

と、自分でもそうだと思う余計なお世話を、最後にしておく。

「あいつはものすごく素直じゃないからさ。だからカグヤは素直になってあげてよ。『前』のアンタたちは、見ててやきもきしてたから」

きょとんとする彼女の表情が、なんだか少しだけ懐《なつ》かしい。

はい、と力強く頷《うなず》くその顔も。

そして振り返り、走っていった彼女の背中に、最後にコユキはそっと呟《つぶや》いた。

「ったく……物好きね、ほんとに」

技研《ぎけん》の人間ってのは。

・・・

隊舎はすっかり片付いている。この施設はカローンがいなくなったら取り壊されるらしい。

寂しくないといったら嘘《うそ》になる。ずっとここで過ごしてきたのだ。

だが、この方が良《い》いとは思っていた。隊舎にはカグヤの記憶も痕跡も多すぎて、本当は少し辛《つら》かったから。

コユキを待つ間、アズマはこれからのことについて考える。

アズマは「被災孤児」という扱いになっている。軍が解体されたあとは、別の真っ当な施設に行く予定だ。その先は——まだわからない。

「遅いな……」

コユキを迎えに行こうと一歩足を動かす。別に遅くても良いのだが彼女にしては長い。

と、身体《からだ》の向きを変えた時。

目の端に緋色《ひいろ》が映った。輝くような鮮やかな赤。

まさかと思って視線をゆっくりそちらに向けると、

「な、なんで……」

忘れたはずの彼女がそこにいた。

彼女は困ったように目を逸《そ》らす。

「……やっぱり私、何か知ってる気がするんです。貴方《あなた》のこと」

「勘違いだ」

アズマはこう答えるしかなかった。

「カローンの情報は定期的に軍内で共有される。それを見て知ってるように思っただけだろう？　貴女《あなた》のような人も初めてじゃない。勘違いだ」

「……私も、最初はそう思ってました」

しかし彼女は、無根拠に主張していた。胸を張って。

「けれど、それにしては鮮明、というか――貴方《あなた》のその銀のピアスは」

言及されて、左耳のピアスに触れる。

「知っている気がするんです。一度――いえ、何度も。この目で見たような――」

「勘違いだと言っているだろう」

ため息を吐いて、アズマは彼女を睨《にら》みつける。最初にそうしたように。

「何度も言うが、映像で見ただけ。それを一度会ったと誤解しているだけだ。……迷惑だ、そういうことをされると」

ここで突き放さなければ、とアズマは思っていた。

もう終わりが近いとはいえ——だからカグヤが酷《ひど》い目に遭うことも、もうないとはいえ、一度でも接触したら巻き込んでしまう。そしていつか思い出させてしまうかもしれない。彼女が経験した全ての苦痛を。

「分かったらもう、関わってくるな。貴女《あなた》にとっても——」

「いえ。どうしても聞かなきゃならないことがあるんです。貴方《あなた》に」

その声に、アズマは背を向けかけた身体《からだ》を停止させる。

「脈拍の上昇——というか。貴方《あなた》と空間を共有すると、身体《からだ》に異常が起こるんです」

「……は」

言われた言葉に、アズマは一瞬呆然《ぼうぜん》となる。

「それはつまり——その、……」

自分と共にいると、脈拍が上昇する。そう言われたのだ。その意味を理解しないほど、アズマはもう愚かではない。

「ええと、ミライさん、からお聞きしたんですけど、カローンは今日、解散になるんだって。殲滅軍《せんめつぐん》が解体するから」

「ああ……それがどうしたんだ？」

「そ、その前にお伺いしたいことがあって！」

カグヤはそして、一枚の紙を取り出す。

目を瞠《みは》った。その紙には覚えがあった。かつてアズマがカグヤに渡した、身体《からだ》についての報告書だ。すべて処分したと思っていたのだが、一枚だけ残っていたのか。

「こ、この裏の文字なんですけど」

そして彼女は裏面を差し出す。白紙に文字が書かれていた。それがコユキの筆跡であることに、アズマは少し興味を惹《ひ》かれる。

「『恋』？」

「はい。ひょっとしたら私はかつて、貴方《あなた》に――」


と、そこでカグヤははっと言葉を止めた。

いったい自分は何を言っているのか。

「あ、あっ!!　すみません、そんなわけないですよね！　本当すみません、忘れてください、っていうかなんでそんなこと言ってんだろ……」

「……それは」

彼は見たことのないような顔をしていた。

見たことがないといってもほぼ初対面なのだが。

妙な違和感を覚えている間に、彼は呆然《ぼうぜん》とした様子で呟《つぶや》く。

「それは、恋というのは——貴女《あなた》が俺に、ということか？」

「……あっ」

思わぬ失言にカグヤは口を押さえた。

婉曲《えんきょく》表現ですらない。そうだと言っているようなものだ。

流石《さすが》にこれはよくない。ほとんど初対面の相手に言われてもただ気持ち悪いだけだろう。

どうにか挽回《ばんかい》の方法をと考えていたが、彼はカグヤが何かを言う前に首を横に振る。

「いや違うな。まだ会って二回目だ。そんなことがあるわけがない」

「あっ、そ、そうですよね！ 私の勘違いでした」

彼から否定してくれてほっと安堵《あんど》した。

「すみません、疲れていてちょっと混乱して。訳あって私、少し前まで記憶を失ってたんです」

だから、と言い訳めいた主張をする。

だから今のは——何か他意があったのではなくて。単に、記憶と意思の混乱によるものだから、と。

「多分、どこかで貴方《あなた》のことを見かけたとか、そう言うことだと思います」

「なるほど。ならば俺のことは知らないはずだ。確かに、今のは何かの間違いなんだろうし、忘れることにしよう」

「よ、よかったです。ありがとうございます」

そうしてカグヤは、改めて彼に話しかける。自分のことを知っているかもしれない相手に。

「あの、ところでお願いなんですけど——」

「だが、俺は違う」

続けて言われたことに、カグヤは目を点にする。

「違う？」

「貴女《あなた》は覚えていないだろうが、俺達はかつて共に戦っていたんだ。……ほんの数か月だけだったが、様々なことがあった」

カグヤはそれに沈黙だけを返す。否定が出来なかった。

「貴女《あなた》にとっては俺はほとんど初対面だし、気持ち悪いのは分かるが。——もう会うこともないんだ。忘れていいから、最後に言わせてほしい」

そして彼は、その面持ちに似合わないと思えるほどの、優しい笑みを溢《こぼ》す。

「貴女《あなた》が好きだ、と」

思わぬ言葉に、カグヤは「へ？」と素っ頓狂な声を上げる。

「好きって、それは、ひ——人として？」

「異性としてだ」

「……でも、ほぼ初対面なんじゃ」

「俺にとっては違う」

「わ、私にとっては二回目です」

「そうだな。だからまあ気持ち悪いとは思うが勘弁してほしい」

彼はそう言ったが、不思議とそうは感じなかった。

それどころか、カグヤの胸に何か強い感情が浮かぼうとしている。興奮に似ているが、しかし感じたこともないそれ。カグヤはぎゅうと胸のあたりを掴《つか》み、情動を抑えようとする。

そんなカグヤに対し、彼は涼しい顔だ。

今の会話などなかったかのように話題を変える。

「で、貴女《あなた》は何故《なぜ》来たんだ」

「えっと——あ、そ、そう、私の記憶を探してるんです」

そしてカグヤは、書類の一部を示す。

「数か月間昏睡《こんすい》していたって聞いてたんですけど。この資料だけ矛盾があって。私が昏睡《こんすい》していたとされる時期に、私の筆跡があるんです。貴方《あなた》の名前があったので……」

「これについて聞きに来たと？」

「……少し前から私は、違和感を覚えていました」

誰に言われたわけでもないが、カグヤはひとりでに語り出す。言葉が内から溢《あふ》れ出て、そのまま外に出ているかのように。

「経験したはずのない出来事。知らないはずの感情。……知らないことはそのまま放っておけない性分です。貴方《あなた》に会えば何かが分かると思いました」

「……それは誤解だ」

だが少年は頑《かたく》なであった。

「それを知ったとしても、貴女《あなた》には何の利もない。ただに戦闘兵科と心中するだけだ。そんなことをしている暇は貴女《あなた》にはないのだろう」

「でも、解散するんですよね？」カグヤは食らい付く。

「ここを出たら貴方《あなた》がたは、普通の子供に戻るのでしょう。じゃあ、私がいてもいいんじゃないですか？」

「それは……」

断る理由が思いつかなかったのか、彼は口ごもる。見た目によらず押しには弱いらしい。

「私は、貴方《あなた》と一緒にいたいです」

押せばなんとかなる。そう断じたカグヤは、素直な気持ちを述べる。

「貴方《あなた》の隣にいて色々なことを知りたい。喪《うしな》われた記憶、あったはずの出来事、貴方《あなた》との記憶について。この数か月間本当は何があったのかを教えてほしい」

本心だった。ただそれは、カグヤの研究員としての知的好奇心によるものだけではない。知らなければと思ったのだ。このまま思い出せないのは悲しすぎると思うほどに。

「貴方《あなた》なら——知っているんですよね」

カグヤの知らない、覚えていない、この数か月のことを。

「教えてください。いいって言ってくれるまで私、引きませんから」

「……そうだった。貴女《あなた》はそういう人だったな」

観念したように少年は息をつく。

「そして諦めない人だった。こちらが折れるしかないとそう思わされるほどに」

そして彼は右手を差し出す。握手の構えだ。初めて見るはずのそれに、カグヤは説明し難《がた》い懐《なつ》かしさと寂寥《せきりょう》感を覚えた。

「《女神》との戦闘も終わりに向かいつつある。だから短い間かもしれないが」

——短い間だろうが。

重ねて聞こえるそんな声。

「よろしくな。シノハラ中尉」

しかし彼のその声は、記憶にうっすらと浮かんで消えた声とはだいぶ違っている——気がした。

「いいや。もう軍は存在しない。敢《あ》えてこう呼ぼう——カグヤ、と」

名前を呼ばれてカグヤは、何故《なぜ》だか今までで一番、心臓が高鳴ったのを自覚する。

初対面でファーストネームで呼ばれることに、その失礼さに、カグヤは何故《なぜ》か意識が向かなかった。ただ目の前に差し出された手にそっと触れようとする。

そしてなんとなく、泣きたい気持ちになったのだ。異性の手に触れるなんて、兄を除けば一度だってないのに。

不意に、アズマの姿が少しだけぼやける。

涙ぐんでいるのだと一瞬遅れて気が付いた。何故《なぜ》そうなっているかは分からないけれど、これは悲しみからくる涙ではないと、それだけは理解出来たから。

「ええ。よろしくお願いします、アズマさ――」

そっと答える、その直前。カグヤはふと思い立った。

「あ、そうだ。私もお名前で呼んでもいいですか？」

「え？」

「だって――そちらがファーストネームで呼んでくるということは、きっと私もそうだったんでしょう？　片方だけが、というのもおかしい話ですもんね」

「え、いやそんなことは……」

「確かお名前はアズマ・ユーリさん、でしたよね」

「では改めて」と、カグヤは意に介さずに、今度は彼女から握手の手を差し出す。

その手に、彼は恐る恐る、しかししっかりと応えてくれた。そんな彼に、カグヤは笑いかけてこう言った。

「改めて、初めまして。ユーリ……」

言いかけて、やっぱり少し戸惑う。ついでのように、言い訳のように、付け加えた。

「……さん」

言ってカグヤは、不思議な緊張を覚える。顔が何故《なぜ》だか熱い。

名前を呼ぶなんて、普通のことだ。先ほどもアサハル・コユキと行ったやり取りだ。それなのに彼女は自分でも訳がわからないほど動揺している。

この人の前だと自分が自分でいられなくなる。そんな気がして手を引っ込めようとしたとき。

「あっ――!?」

急に引き寄せられた。いや、抱き寄せられたのだ。自分を抱きすくめる腕は、通常より少し体温が高い。恐る恐ると見上げると、彼も泣いているように見えた。顔は伏せていたので見えなかったが、小さな嗚咽《おえつ》を漏らした。

そして少年の口が開く。初めましての「は」を言おうとしているのだと分かったが。

何故《なぜ》かその直前で口角を上げ、
嬉《うれ》しそうに、笑った。

「――おかえり。カグヤ」

完

あとがき

初めましての人は初めまして。お久しぶりの方はお久しぶりです。彩月《あやつき》レイと申します。

この度は勇者症候群三巻をお手に取っていただき、誠にありがとうございます。

勇者症候群シリーズも3巻に到達しましたね。一昨年の秋に思いつき、去年の二月に始まった物語が、十一か月後の今も続いていること、なんだか不思議な気持ちです。

ところで読者の皆様は、本編から読む派でしょうか？　それとも後書きから読んでいきますか？　私は基本、本編からです。なので今回は、その想定で話をさせていただきます。

お読みいただいた方はお分かりのように、勇者症候群という物語はこの巻で終了となります。少し残念ではありますが、たくさんの方に読んでいただけて、この物語も幸せだったと思います。これまで本当にありがとうございました。

さて。少し早い謝辞に映ります。

キャラクターデザイン、またイラスト担当のりいちゅ様。可愛《かわい》いカグヤを始め、たくさんの魅力的なキャラクターを生み出していただき、大変幸せでした。ありがとうございます。

劇団イヌカレー（泥犬）様。少しおどろおどろしくも美しい沢山の《勇者》のデザインを生み出していただき、ありがとうございます。一緒にお仕事ができたこと、とても光栄です。

担当編集のM様とN様。いつもご迷惑をおかけしてしまい、しかしそれにも快く応えてくださり、助かっています。勇者症候群は担当編集様のお陰でこの世に生まれました。ありがとうございます。

印刷所様・校正の皆さま。度重なる修正などにお応えいただき、感謝してもしきれません。ありがとうございました。

勇者症候群の後書きを書くのもこれが最後。しかし、当作はまだ存在し続けます。

本と人との出逢《であ》いは、人と人の出逢《であ》い。縁のようなものだと思っています。

縁とは糸のように表現されることも多いですが、私はまた違った考えを持っています。

縁とは川の流れのようなもの。そのなかで人間は一筋の水流です。川の無数の水流は、あるところでは交わり、またあるところで別々になって、それを何度も繰り返して海に出る。海に出たらもっとたくさんの水流があって、そこでもまた、出逢《であ》いと別れを繰り返す。

本との出逢《であ》いも同じようなものです。それぞれの理由があって本を手に取り、それぞれのタイミングで縁は繋《つな》がる。そのひとつになれていたなら幸いです。

ページ数も少なくなって参りました。そろそろ幕引きとさせていただきます。繰り返しますが、私はこの物語を通して沢山の元気を貰《もら》ってきました。皆さまにも同じだけのものをお返しできていたなら幸いです。

一年という短い間でしたが、これまで応援いただき本当にありがとうございました。

あなたの縁と私の縁が、また交わり結ばれることを願って。

◉彩月レイ著作リスト

「勇者症候群」（電撃文庫）
「勇者症候群2」（同）
「勇者症候群3」（同）

本書に対するご意見、ご感想をお寄せください。

ファンレターあて先
〒102-8177　東京都千代田区富士見2-13-3
電撃文庫編集部
「彩月レイ先生」係
「りいちゅ先生」係
「劇団イヌカレー（泥犬）先生」係

本書は書き下ろしです。

電撃文庫

勇者症候群《ゆうしゃしょうこうぐん》3

彩月《あやつき》レイ

◆◇◇

2024年1月10日　初版発行
2024年4月20日　再版発行

発行者　山下直久
発行　株式会社KADOKAWA
〒102-8177　東京都千代田区富士見2-13-3
0570-002-301（ナビダイヤル）
装丁者　荻窪裕司（META＋MANIERA）
印刷　株式会社KADOKAWA
製本　株式会社KADOKAWA

●お問い合わせ
https://www.kadokawa.co.jp/（「お問い合わせ」へお進みください）
※内容によっては、お答えできない場合があります。
※サポートは日本国内のみとさせていただきます。
※ Japanese text only

※定価はカバーに表示してあります。

ISBN978-4-04-915148-0　C0193　Printed in Japan

電撃文庫　https://dengekibunko.jp/

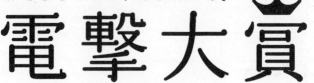